AF318721

ÉLOGE

DE SUGER,

ABBÉ DE SAINT-DENIS.

A Madame Lacomtesse de Genlis delapart
L'auteur.

ÉLOGE DE SUGER,

ABBÉ DE SAINT-DENIS,

Premier Miniftre fous les règnes de LOUIS LE GROS & de LOUIS LE JEUNE, & Régent du Royaume.

Nihil appetere jaĉtatione. TAC.

A AMSTERDAM.

M. DCC. LXXIX.

ÉLOGE

DE

L'ABBÉ SUGER.

Nihil appetere jactatione. TACIT.

C'EST après six siècles de silence &
d'oubli, que la postérité rend enfin à
Suger le tardif hommage de la recon-
noissance publique. Dans un si long intervalle, sa gloire n'a rien perdu ; l'opinion
nationale n'étoit pas préparée encore par
les connoissances politiques, & il n'apparte-
noit pas aux siècles de chevalerie, d'ambition & de fausse gloire qui l'ont suivi, (N°. I.)
d'apprécier cette vertu simple & sans faste,
qui ne fit rien pour la renommée. Fatale

A

deſtinée de l'homme d'Etat ! victime cou-
ronnée du bien public, ſouvent calomnié,
toujours méconnu par les contemporains,
il emporte dans la tombe la conſcience
ſecrette de ſa vertu ; & quand le temps
épure les opinions en précipitant la lie
des paſſions mal-faiſantes, quand la juſtice
des âges prononce ſes oracles, ce n'eſt
plus qu'une ombre inſenſible qu'elle couronne, & les acclamations des peuples ne
percent point les froides enceintes des
tombeaux. Mais l'homme de bien a joui
de ſon cœur, & la preſcience du génie
lui a révélé ſa gloire future ; mais les
monumens des grands hommes ſervent à
les reproduire, & le germe des talens &
des vertus s'échauffe & s'anime au récit
des grandes actions. C'eſt ainſi que le
peuple le plus ingénieux & le plus ſenſible avoit ſu, par les déclamations publiques de ſes poëtes & de ſes orateurs,
multiplier chez lui la race des héros. A
ce ſpectacle vraiment national, la ſenſibilité exaltée de tout un peuple, excitoit
de jeunes courages ; & les larmes de
Thémiſtocles annonçoient à la patrie qu'un

héros venoit de naître des cendres de *Miltiades.*

Cet usage antique & sacré s'est reproduit parmi nous ; mais ce n'est plus l'ivresse d'un peuple enthousiaste, ni l'éloquence souvent intéressée d'un sophiste, qui distribuent les couronnes. Dans le temple des Muses, des hommes qui éclaireront les races futures, forment un tribunal qui juge les générations passées ; l'éloquence n'est plus que l'instrument de la philosophie. Devant eux se développe l'ame des grands hommes ; leurs qualités, leurs talens, les défauts mêmes qui furent les ombres de leurs vertus, viennent se placer dans un tableau fidèle ; les rapports des événemens de leur vie avec l'Histoire générale de la nation, & souvent avec celle de l'humanité entière ; les maux qu'ils empêchèrent, & qu'on n'a point connu ; le bien qu'ils voulurent faire, & dont on n'a point saisi la mesure ; tout est pesé, senti, discuté par une raison sévère ; & la nation apprend à aimer & à plaindre ses grands hommes.

Envisagé sous ce point de vue, le portrait d'un grand homme devient un tableau de l'humanité, le fpectacle d'une vertu dominante, d'un enchaînement de circonftances difficiles, d'un fyftême de conduite qui eut pour objet le bonheur des hommes. Mais fi le héros, propofé à l'admiration publique, fe trouve enfoncé dans l'ombre de l'Hiftoire ; à mefure que les bornes des temps fe reculent, le champ de la philofophie s'agrandit ; elle fupplée à la rareté des monumens par une critique exacte de ce qui refte ; elle interroge la nature ; &., dans fes règles générales, elle puife des applications particulières. Dans cette fcène immenfe des évènemens humains, les objets fe dégradent en s'éloignant : elle nous prévient contre les illufions, &, calculant la différence des grandeurs réelles avec les grandeurs apparentes, elle affigne aux chofes leur véritable eftimation. Il ne s'agit plus de comparer un homme à des hommes, de pefer les actions & les penfées dans un cercle de circonftances à peu près égales ; il faut oppofer fiècle à fiècle, mefurer les pas de la nature, apprécier ce que l'homme doit aux connoiffances, aux erreurs, aux vices, aux préjugés de fon fiècle; le mouvement qu'il a imprimé aux temps qui l'ont fuivi, celui qu'il a reçu des temps qui l'ont précédé; ce qu'il pouvoit être, ce qu'il devoit être, ce qu'il a été.

Né dans les dernières claffes du peuple, élevé dans l'obfcurité d'un cloître, Suger en eft tiré tout - à - coup, par la faveur du fouverain, pour s'affeoir dans le confeil des rois; il en eft l'ame. Au fein de l'ignorance & de l'anarchie, il fonde un fyftême d'adminiftration, que trois fiècles & demi ne feront que développer & affermir. Dans l'abfence du roi, appelé, par le cri général de la nation, des degrés du trône fur le trône même, il le couvre d'une gloire inconnue depuis *Charlemagne*; & cependant, caché dans les actes mêmes de fon adminiftration, fon nom refte comme perdu dans les faftes, vérifiant ainfi cet ancien adage : *Heureufe la nation dont le fouverain n'eft pas connu dans l'Hiftoire!* C'eft le miniftre qui a le plus influé fur l'efprit & le gouvernement de fa nation, & c'eft celui dont l'hiftoire

fait le moins de mention; c'est le seul peut-
être qui n'ait laissé après lui aucun monument, il faut le chercher dans ses actions.
On ne les apprécia pas de son temps, parce
qu'un horizon de trois siècles échappe
aux yeux de la multitude; on ne les a pas
appréciés depuis, parce que le lointain du
passé est presqu'aussi difficile à saisir que le
lointain de l'avenir. Et, d'ailleurs, c'est le
propre d'un mouvement uniforme & réglé,
de ressembler à l'immobilité : le génie qui
marche à son but par des moyens profonds, mais simples, n'est point apperçu;
tandis que l'esprit d'intrigue & de saillie
surprend l'admiration, parce qu'il fixe
l'attention.

 Suger avoit dix ans quand son père,
homme simple & inconnu (*a*), vint l'offrir

(*a*) Quelques auteurs ont voulu honorer le mérite de
Suger d'une naissance illustre, dont sa gloire n'a pas besoin.
(*M. Dupin*, XIIe *siècle*, *pag. 652*, *seconde édit.*) Au reste,
il fixe lui-même ce point de critique. *Quia largâ Dei omni-
potentis administratione, contra spem meriti, morum & generis
pravitatem nostram ad sanctæ hujus Ecclesiæ accessisse constat*, &c. Sug. consti. I.

 *Repræsentans mihi quomodo valida Dei manus me pau-
perem de flo core erexerit*, &c. Sug. Testam.

à Dieu dans l'abbaye de S. Denis. *Elia-mand* étoit le nom de ce vieillard obſcur: dès ce moment il rentre dans les ténèbres; il n'a fait qu'*apparoître* pour nous donner *Suger*.

La miſère ordonnoit cette conſécration de l'enfance, plus ſouvent que la piété ; elle étoit fréquente dans ces temps mal-heureux, quoiqu'elle entraînât pour les enfans l'effet involontaire des vœux ab-ſolus ; mais c'étoit un moyen de ſe ſouf-traire à l'eſclavage, & de prendre part à l'opulence & à la conſidération d'un état diſtingué.

Le jeune Suger apporta dans cette mai-ſon le germe précieux des grandes qua-lités qu'il a depuis développées dans le miniſtère. Sa taille foible & ſa complexion délicate, ſembloient ne pouvoir réſiſter à la fatigue de ſon ame (a). On admiroit en

____

Quelque humbles que fuſſent ſes vertus, ſes ennemis lui reprochoient la baſſeſſe de ſa naiſſance. *Miniſtre fidèle.*

Le Préſident Hénaut applique fort heureuſement à Suger le mot de *Tibère* ſur un Romain de ſon temps : *Curtius Rufus mihi videtur ex ſe natus.*

(a) *Mirari libet quòd in tam brevi corpuſculo talem natura collocaverit animum, tam formoſum, tam magnum.* Vita Sugerii.

A iv

lui un efprit vif & ardent qui embraſſoit tout, des manières inſinuantes & affectueuſes, qui ſont les indices d'un bon naturel, quand elles ne ſont pas les ſignes étudiés d'une politeſſe de convention, & une gaieté naïve, qui annonçoit une ame franche & ſans reproche. Frappé d'un ſi beau naturel, *Adam*, abbé de S. Denis, donna tous ſes ſoins à l'éducation de ce jeune homme. Bientôt il eut pénétré les ſciences de ſon temps, & devancé celles qu'on ne cultivoit pas encore. Il n'y avoit alors aucune école où l'on enſeignât les ſciences exactes & les belles-lettres; une ſcience aride & ténébreuſe, *la Scolaſtique*, pire que la groſſière ignorance, habitoit les cloîtres & les cathédrales. (N°. II.)

Suger eut le bon eſprit de ſentir le vide de cette ſcience de mots; &, dans un temps où elle menoit à la gloire & à la puiſſance, il eut le courage de l'abandonner. Son cœur, porté à la ſenſibilité, comme ſon eſprit l'étoit à la raiſon, lui faiſoit préférer ces études qui préſentent à l'obſervateur attentif toutes les faces de l'humanité, à l'homme ſenſible toutes les émotions de l'ame. Les belles-lettres, qui adouciffent & décorent la vie, faifoient le charme de fa jeuneffe ; les fictions de la poéfie & les preftiges de l'éloquence, l'enlevoient à la barbarie de fon fiècle (*a*), & le tranfportoient à ces temps heureux où le génie s'enflammoit par la liberté. Il conferva toujours ces premières impreffions ; &, dans les derniers temps de fa vie, épuifé par les fatigues du gouvernement, & par les pratiques d'une *règle* dont il croyoit devoir l'exemple, il fe plaifoit encore à rappeler de longs paffages des anciens, depuis long-temps dépofés dans fa mémoire. Mais l'Hiftoire, ce vafte recueil des expériences de l'homme, fixoit particulièrement fon attention (*b*). Il parcouroit les fiècles & les pays ; &, contemplant l'*uniformité* & la *variété* de l'efpèce humaine ; l'uniformité

(*a*) *Erat illi hiftoriarum fumma notitia, ut quemcunque illi nominaffes Francorum Regem, vel Principem, ftatim ejus gefta inoffenfâ velocitate percurreret.* Vit. Sug.

(*b*) *Gentilium verò Poëtarum ob tenacem memoriam oblivifci ufquequaque non poterat, ut verfus Horatianos ufque ad vicenos, fæpè ad tricenos memoriter recitaret.* Vit. Sug.

dans l'inftinct de l'homme, dans fes paffions, dans fes befoins, dans fes intérêts;
la variété dans fes opinions, dans fes
goûts, dans fes habitudes; il cherchoit,
en rapprochant ces contradictions apparentes, à faifir le point invariable de la
raifon, qui eft la connoiffance des vrais
intérêts de l'humanité. La vertu fière de
l'ancienne Rome élevoit fon ame; mais
les vertus plus douces de la Grèce, plus
analogues à fon caractère, y faifoient auffi
plus d'impreffion; il y puifoit cet amour
ardent & défintéreffé du bien public,
cette paffion du beau moral, qui feule
pouvoit reproduire dans le onzième fiècle
l'ame des *Cimon* & des *Ariftides.* Mais,
lorfqu'après avoir contemplé la chaîne
des grands évènemens, médité les actions
des grands hommes, étudié la fuite de
leurs vues, de leurs projets, des obftacles, des reffources & des conféquences,
il fut contraint de ramener fes yeux fur
les tableaux attriftans de l'hiftoire du
moyen âge, fur l'état miférable & hu-
milié de l'efpèce humaine au temps où
il vivoit, fon ame douce & noble dut fe

refferrer ; & , fe trouvant comme perdu dans cette foule d'efclaves & de tyrans, il fe retira dans cet afyle intérieur qu'il s'étoit formé : & c'eft fans doute à ce concours de circonftances qu'il faut attribuer le caractère concentré de *Suger*, dont l'ame étoit d'ailleurs fi douce & fi affectueufe. Différent tellement de fes contemporains par fes idées, par fes fentimens, par fes habitudes ; portant une ame antique dans des temps modernes, il dut s'accoutumer à ne mefurer fes actions que fur ce modèle qu'il renfermoit dans fon cœur, & à ne pas rechercher les vains applaudiffemens des hommes dont il ne prifoit pas l'opinion ; il fe vit réduit à dédaigner l'eftime publique, ce qui eft le dernier degré du vice, quand ce n'eft pas le plus fublime effort de la vertu.

L'ancienneté de l'abbaye de S. Denis, fa richeffe & fa puiffance lui donnoient alors une influence publique *. Les rois y tenoient leurs *affemblées*, ces grandes affifes nationales, feules occafions où le

---

* Hift. de l'Abbaye de S. Denis, par *D. Felibien.*

fantôme de la royauté parût encore avec quelque éclat. L'ufage étoit établi depuis (*a*) *Dagobert*, d'y élever les Fils de France ; & dans un temps où tout étoit fi féroce, fi ignorant, fi barbare, où les hommes & les livres étoient fi rares (*b*), c'étoit la meilleure éducation qu'ils puffent recevoir. Ils y prenoient quelque teinture des lettres, ils s'y accoutumoient à quelque efpèce d'ordre, ils y contractoient le refpect de la religion, feul frein qui pût contenir la puiffance dans un temps où la raifon étoit fi obfcurcie ; & dans ce monaftère, où l'on ne peut faire un pas fans fouler la cendre des rois, les impreffions phyfiques, fi puiffantes fur l'ame, leur répétoient à tout moment, que bientôt rendus à la pouffière, égaux, par leur néant, au commun

____

(*a*) *Inde Reges, Principes, ceterique Nobiles ad difcendum Dei timorem cum litteris, liberos fuos Monachis intrà clauftra tradiderunt inftituendos.* Langius in Chronico Citizenfi.

(*b*) Les livres étoient fi rares, que *Grécie*, comteffe d'Anjou, acheta un recueil d'Homélies, deux cents brebis, un muid de froment, un de feigle, un de millet, & un certain nombre de peaux de mouton. *Voy. Abrég. Chronol.*

des hommes, ils n'en feroient plus diftingués que dans les faftes de l'hiftoire, qui ne permet pas aux mauvais rois de fe réfugier dans l'oubli.

L'ordre de S. Benoît, fource & modèle de toutes les inftitutions monaftiques, jetoit alors un grand éclat dans l'Europe. Dans les premiers fiècles, la piété compatiffante de ces folitaires avoit adouci la férocité des barbares, leurs travaux avoient défriché des provinces, leurs foins avoient foutenu & confolé l'humanité fouffrante. Vers le dixième fiècle, fi la févérité de la difcipline s'étoit relâchée, fi l'affluence des richeffes avoit amené le goût du luxe & des jouiffances que la perfection chrétienne fe refufe, au moins leurs maifons étoient la retraite du pauvre; leurs veilles avoient confervé les bons livres en en multipliant les copies; ils étoient l'afyle de tout ce qu'il y avoit alors d'efprit & de connoiffances dans l'occident.

Le roi Philippe avoit dépofé dans ce monaftère les plus chères efpérances du royaume, cet enfant qui fut depuis *Louis* *le Gros**. Ce jeune prince, avec une figure agréable, un esprit ouvert & des manières nobles, avoit un cœur naturellement bon, & des inclinations vraiment royales. Son cœur parut s'élancer au devant de *Suger*, dont l'ame avoit tant d'analogie avec la sienne ; il préféroit sa conversation à tous les plaisirs. C'étoit dans ces épanchemens secrets de deux ames jetées, par la nature, si loin l'une de l'autre, & si bizarrement rapprochées par la fortune, que le fils d'un esclave versoit dans le cœur du fils d'un roi des principes du bonheur public, & que l'héritier du trône se désignoit en secret le ministre qui devoit un jour renouveler la face du royaume. Choix heureux, qui assuroit au prince un ami, seul besoin de la royauté, & qui donnoit au peuple un administrateur indifférent sur sa propre grandeur, dont les talens ne s'étoient pas perdus dans l'oisive activité de l'intrigue, dont l'énergie ne s'étoit pas émoussée par l'humilité des sollicitations !

Suger passe rapidement des études aux

---

* Hist. littér. de la France, par D. Mabillon.

affaires. *Adam*, que fa qualité d'abbé de
S. Denis place dans le confeil du roi,
s'y fait accompagner & fouvent fuppléer
par fon jeune élève ; déja on le voit prieur
de *Berneval* & de *Toury*, prendre fa place
dans l'état politique au milieu des barons*.
Sa jeuneffe éveille leur avidité. Un feigneur du *Puifet*, le plus entreprenant, le
plus redouté de tous, s'eft flatté de le
dépouiller fans effort ; Suger réunit tous
les barons, il leur fait invoquer la puiffance royale, & le feigneur du Puifet fuccombe, victime de l'autorité que Suger a
fu préfenter comme *la force bienfaifante*.
Enfuite il détermine le mariage de l'héritière de *Mont-Léry* avec le jeune Philippe, fils naturel du roi. Des forchereffes
importantes, dont l'Hiftoire a confervé
les noms, & dont on rechercheroit en
vain la place aujourd'hui (a), furent cédées
au roi par ce traité. Il nous femble étrange
fans doute de placer parmi les hauts faits
de nos grands hommes, la réunion de

___

* Recueil de Duchefne, pag. 310, Tom. IV.
(a) Les forchereffes de Châteaufort & de Rochefort.
Hæc tunc nomina erant, *nunc funt fine nomine terræ.*
VIRG. Eneid.

quelques bourgades, où nous ne voyons plus que nos maifons de plaifance ; mais la raifon doit s'accoutumer à détacher les objets des noms qui les déguifent. Les dénominations les plus refpeʄables font comme les fignes des échanges qui, d'un fiècle à l'autre, fous le même titre, changent de poids & de valeur. Un Roi de France alors n'étoit que *le feigneur de l'Ile de France ;* & fes foibles poffeffions étoient encore féparées par les domaines des hauts barons, qui fembloient l'affaillir de toutes parts (*a*). Les feigneurs de Mont-Léry étoient les plus forts & les plus turbulens ; & le roi Philippe avoit coutume de dire, *que fes cheveux avoient blanchi des peines que lui caufoient ces feigneurs.* Dans un tel état de foibleffe, Suger, qui

------

(*a*) *Car, combien que Capet eût occupé le titre de Roi, dit Pafquier, fi n'en avoit-il prefque que le nom . . . . . . & il n'y avoit prefque ville de laquelle quelque gentilhomme de marque ne fe fût enfeigneurié ; chofe que le Roi nouvellement inftallé fut contraint de paffer par connivence . . . . il fit au moins mal qu'il put une paix avec tous les grands qui commencèrent dès-lors à le reconnoître feulement pour fouverain, ne s'eftimant au demeurant guères moins en grandeur que lui.* Rech. de la Fr. Tom. 1, chap. 2, pag. 48.

avoit

avoit déja conçu le plan qu'il développa
dans son ministère, sentit combien il im-
portoit à la paix du royaume, de négocier
des réunions & des mariages, qui rame-
naffent infensiblement dans la main du Roi
un pouvoir qu'il vouloit bientôt arracher
entièrement aux vaffaux.

De nouveaux soins, de nouvelles affaires, agitoient inceffamment l'ame de Suger,
& le portoient tantôt en Italie, tantôt à
la cour, ou dans les conciles, fréquens
alors, ou dans les affemblées nationales.
Il revenoit d'un de ces voyages d'Italie,
quand il apprit la mort de son bienfaiteur l'abbé *Adam*, & en même temps
l'élection unanime qui l'appeloit à le rem-
placer *. Des larmes sincères tombèrent
de ses yeux, & l'éclat d'une puiffance
presque souveraine, ne put tempérer sa
vive douleur; il perdoit l'homme à qui
il devoit son exiftence publique, & le
caractère de son esprit & la trempe de
son ame, développés par une éducation
tendre & attentive, le témoin & le com-

____

* *Vita Sugerii.*

pagnon d'une vie sans tache, dont il se plaisoit à lui rapporter l'honneur ; & d'ailleurs, sans aïeux & sans postérité, libre d'ambition, indifférent sur la gloire, par-tout inattaquable à la fortune, son cœur seul étoit resté à découvert. Cette plaie ne se referma jamais ; & Suger, au milieu de l'agitation des affaires, vécut toujours depuis dans la solitude de sa conscience.

La mort enlevoit en même temps le pape *Calixte*, qui l'appeloit au secours du pontificat, & vouloit l'élever à la pourpre. L'abbé Suger pouvoit voir avec indifférence les grandeurs lui échapper ; mais *Louis le Gros* *, qui venoit de monter sur le trône, s'empressa de l'élever au dessus des honneurs étrangers, & de le fixer près de lui en le nommant son premier ministre **.

Cette élévation subite, si fatale au commun des hommes, avoit achevé d'épurer l'ame de Suger : plein de l'enthousiasme

---

* *Vita Lud. Gross.* Rec. de Duchesne, tom. IV, pag. 313.
** Dupin, XIIe siècle, pag. 117.

du bien public, feule paffion des grands hommes, il devint étranger à tout le refte (*a*). Mais l'art de faire le bien eft celui qui demande le plus de ménagement & d'adreffe. L'homme vicieux trouve partout des inftrumens & des complices; il arme toutes les paffions, il sème la corruption autour de lui, & l'impoffibilité du retour à la vertu lui affure fes agens toujours prompts à le fervir & à le proclamer; & le petit nombre des gens de bien s'éloigne & fe difperfe en pleurant fur *le prince* & fur *la patrie*. Mais l'homme qui s'eft propofé de faire le bien dans la première place !...... quelle tâche immenfe ! Il lui faut encore plus de courage que de lumières ! Attaquer les abus, c'eft fe faire une foule d'ennemis; l'intérêt anime ceux qui y prenoient part; une confcience prévoyante éveille ceux qui ne font pas encore attaqués; une confédération fe forme contre l'ennemi commun; les vices

______

(*a*) *Abfentem hunc & longè pofitum ad regimen vocatum fuiffe nil tale fufpicantem, fed & acceffiffe invitum conftat.* Vit. Sug.

ſe liguent, la vertu iſole, parce qu'elle ſe ſuffit ; contrarié en ſecret, décrié en public, calomnié dans l'oreille du prince, ſouvent trahi dans ſa propre confiance ; ſi ſon ame & ſes vues ſont grandes, il doit, bravant la calomnie, tour à tour combattre & négocier avec le vice, employer les hommes comme des inſtrumens néceſſaires, mais dont l'effet eſt prévu ; &, mépriſant les opinions & les clameurs contemporaines, jeter ſa réputation dans l'avenir, comme cette plante qui ne fleurit qu'au bout d'un ſiècle, long-temps après que la main qui l'arroſoit eſt deſſéchée (a).

La conduite de Suger, mêlée de force & d'adreſſe, montre que ces réflexions ne lui furent pas étrangères. L'habitude des

______

(a) Les anciens ont cru que l'aloès ne fleuriſſoit que tous les cent ans. La phyſique nouvelle a détruit ce préjugé avec beaucoup d'autres.

Si j'avois à peindre d'un ſeul trait, un miniſtre, ſupérieur à ſon ſiècle, je le ferois par l'emblême d'une main plongeant dans l'eau un bâton, que *la réfraction* fait paroître briſé, & j'écrirois au bas : *Conſcia recti.*

affaires lui avoit donné cette foupleffe, cette flexibilité de l'efprit, cet *art de vivre*, qui eft celui d'entraîner les hommes par la confidération de leurs vrais intérêts, ou par la féduction d'un fentiment plus délicat; fa candeur & fa vertu achevoient d'enchaîner; il portoit dans la politique ce qui facilite & abrège les affaires, la confiance qui naît d'une intégrité reconnue.

Familiarifé avec l'Hiftoire de tous les âges, l'ayant étudiée en homme d'Etat, il avoit vu comment les nations font modifiées par leurs lois; il avoit vu Rome & la Grèce altérer à-la-fois leurs mœurs & leur conftitution; &, envifageant l'état opprimé de l'efpèce humaine dans le douzième fiècle, le comparant avec le modèle qu'il fe faifoit d'un bon gouvernement, il apperçut évidemment les caufes du défordre dans le *gouvernement féodal.* (Nº. III.)

En effet, dans le douzième fiècle, les mœurs de l'Europe étoient incultes & fauvages; fix fiècles n'avoient pu réparer les ruines de l'empire Romain étouffé fous les Barbares, & faire refleurir les lois, les arts, les sciences & la liberté. Une cataftrophe auffi univerfelle a dû étendre au loin fon influence fur tous les fiècles qui la fuivront, elle fe fait fentir encore aujourd'hui. Ainfi, quand *le Véfuve* a couvert d'une lave brûlante les campagnes fécondes, des fiècles s'écoulent avant que ces maffes altérées par l'action des élémens, permettent à une foible végétation de reparoître à leur furface. Tout fut nouveau dans l'Europe avec les nouvelles nations ; l'anarchie fondée fur les ruines de la monarchie univerfelle, le gouvernement féodal fubftitué à la police & aux lois Romaines qui furent alors perdues (*a*), chaque nation ne faifant qu'un peuple de foldats, la guerre étoit la feule profeffion ; il n'y avoit ni commerce, ni lois

---

(*a*) Les Romains avoient établi dans les Gaules le *Code Théodofien*, publié vers l'an 435 ; il s'y perdit fur la fin de la feconde race.

Le *Code Juftinien*, publié en 529, & qu'on n'avoit jamais connu en deçà des Alpes, fut retrouvé dans la Pouille en 1137, & fervit de bafe à notre *Droit écrit.* Cujas a reftitué le code Théodofien, dont on ne fe fert aujourd'hui que pour le confulter.

écrites, ni arts, ni finances ; la terre, qui n'est fécondée que par les sueurs de l'homme libre, donnoit à regret de chétives récoltes, souvent ravagées par les guerres particulières ; un peuple de serfs attachés à *la glèbe*, quelques hommes libres, soldats féroces & maîtres impérieux, formoient cette monarchie brisée en mille seigneuries souveraines ; nulle autorité, nulle force publique ; les *épreuves* & le *combat judiciaire* étoient toute la jurisprudence ; le *témoignage* formoit toute l'instruction, & le soin de juger & de combattre étoit remis dans les mêmes mains.

Telle est la masse des abus que Suger trouve en entrant dans le ministère. Le pouvoir exorbitant des vassaux, la nullité de l'autorité royale, l'asservissement du peuple, l'ambition du clergé, les entreprises du saint Siège, l'ignorance de tous ; *voilà les ennemis qu'il se propose de combattre :* rétablir le trône dans sa dignité naturelle, placer les vassaux dans le rang de leur naissance & de leurs possessions, élever le serf à l'état d'homme, concentrer le clergé dans fes droits civils & fes devoirs religieux, refufer aux pontifes Romains la puiffance que le *Chrift* ne leur a pas donnée, établir l'inftruction pour fonder les lois fur la raifon, en un mot, *régénérer la nation, & créer une conftitution ; tels furent fes projets* (a).

―――――――――――――――――

(a) Le temps a détruit la plupart des monumens par lefquels nous pourrions établir les preuves de ce plan d'adminiftration de Suger ; mais tous les hiftoriens contemporains conviennent qu'il fut l'ami & le principal confident de *Louis le Gros.* Ils ajoutent que fon crédit fembla prendre plus de force encore fous *Louis le Jeune.* Voilà les propres termes de l'hiftorien : *Hunc propter magnifica & recta confilia Princeps venerabatur ut patrem, verebatur ut Pædagogum : huic advenienti affurgebant Præfules, & inter illos primus refidebat.* Et ailleurs : *Vidi, Deo tefte, vidi aliquando huic in humili fub pedaneo refidenti Francorum Regem reverenter affiftere optimatum circumftante coronâ, & hunc quafi inferioribus præcepta dictantem, illos verò cum omni diligentiâ & intentione ad ea quæ dicebantur fufpenfos.* Nous fommes donc fondés à joindre ces deux règnes dans une feule maffe, que nous confidérons, pour ainfi dire, comme le règne de *Suger* ; alors les faits parlent. Si l'on y voit un même efprit tendant toujours au même but ; fi l'on apperçoit une fuite d'entreprifes, qui aient pour objet de détruire d'anciens abus, au moins de les entamer ; fi les lois & les actions des règnes fuivans, forment un développement des actions & des lois de ce règne ; fi le temps & les événemens qui avoient été préparés à fon influence, ont achevé ce que la briéveté des jours de l'homme n'a permis à Suger que de commencer ;

Je ne crains point ici d'avilir la gloire du grand homme que je célèbre, ni les fonctions augustes d'orateur de la patrie, si je loue Suger d'avoir su, dès son entrée dans le ministère, donner un caractère imposant à son administration, en se conciliant par une conduite adroite les préjugés de la multitude, & le suffrage de cet homme ardent qui dominoit les peuples & les rois par son empire sur les consciences. S. Bernard, que son zèle bouillant a mis au dessus du fondateur même de cette réforme de *Cîteaux* qu'il n'a fait qu'adopter (*a*), remplissoit alors l'Europe de ses déclamations contre le relâchement des religieux de S. Benoît. Le rang distingué que l'abbé de S. Denis tenoit dans les assemblées de la nation, son faste, sa puissance, lui donnoient l'état

____

croira-t-on qu'un si beau génie ait agi au hasard ? le triste plaisir de ne voir rien de supérieur à nous, l'emportera-t-il sur cette joie qui naît de la contemplation du beau ? & sommes-nous si petits, qu'un grand homme nous paroisse un géant ?

(*a*) Ce fut *Robert*, abbé de Molesme, qui, pour se vouer à une plus haute perfection, se retira dans la solitude de Cîteaux avec vingt réformés, qu'on a depuis nommés Bernardins.

d'un souverain *. L'abbaye de S. Denis,
rendez-vous des troupes, séjour fréquent
des rois qui cachoient leur foiblesse & leur
pauvreté dans la richesse de ce monastère, siège ordinaire de la justice dans les
assemblées nationales, ne conservoit de
régulier que les noms **, & les religieux
s'y voyoient avec plaisir au milieu du
monde qu'ils avoient quitté. Dans ces temps
de licence & de grossiéreté, le faste d'un
religieux puissant n'avoit rien qui choquât
les mœurs publiques; mais Suger avoit
senti qu'un ministre qui alloit réduire toutes les usurpations, combattre tous les
intérêts & toutes les passions, devoit paroître lui-même sans passions & sans foi-
blesses, & comme *signé* d'un caractère
céleste. Il saisit donc, pour la révolution importante qu'il méditoit, l'occa-
sion d'un écrit violent que Bernard venoit
de répandre dans le monde ***; il re-

---

* *Guillaum. de Nangis, an* 1113.

** *Epis.* 18. *sancti Bernardi ad Sugerium abbatem. Manri-*
quez, Historia sancti Bernardi.

*** *Voy.* l'Apologie de la Réforme, adressée à Guill. de
S. Thierry, abbé de Cluny.

nonça tout - à - coup à cette magnificence qui l'avoit diftingué dans fes ambaffades & fes fonctions publiques ; la règle reparut à S. Denis dans toute fa févérité , & Suger fe montra le premier dans cette réforme. Bernard appela cette fageffe une converfion ; il célébra le Miniftre comme un faint ; & l'orgueil des Grands, vaincu par leur fuperftition, rendit à la fimplicité de Suger, ce que fon génie feul n'en auroit pas obtenu : il devint l'arbitre de leurs différends avec le Roi , & le prince fortifioit fon autorité du refpect qu'on avoit pour fon Miniftre.

Cette déférence pour l'opinion du peuple, n'a point altéré les principes de Suger : bientôt on le voit déployer toute la hauteur du miniftère , & montrer au clergé & à la cour Romaine une fermeté inconnue jufqu'alors *. L'archevêque de Reims refufoit de recevoir du Roi l'inveftiture ; il s'autorifoit de la difcipline du premier concile de Clermont **, qui n'a point été

---

* Variations de la Monarchie Françoife, tom. II, p. 343.
** *Epift. Yvonis Carnot. Epifcop. ad Pafcalem papam.*

reçu en France. Cette querelle des inveftitures mettoit alors toute l'Allemagne en
feu; &, à l'exemple des prélats Allemands,
les évêques de France paroiſſoient vouloir
fe réunir contre l'autorité. Le Miniſtre force
l'archevêque de Reims à la foumiſſion, &
fait faifir le *temporel* de l'archevêque de Sens
& de l'évêque de Paris, qui étoient les
plus factieux. Ce dernier ofa excommunier le Roi ; mais le Pape n'ofa confirmer
cet attentat, quoique Bernard, entraîné
par fon idée favorite du defpotifme de
l'Eglife, écrivît au pontife *que le Roi étoit
un perfécuteur* , qui en vouloit moins aux
prélats de fon royaume, qu'à l'efprit de Dieu
qui les anime.* (N°. IV.)

Mais pendant que Suger enchaînoit ainſi
le fanatifme, il ne négligeoit pas d'en
diriger les efforts contre les ennemis du
royaume. C'eſt ainſi que, dans le concile
de Reims, il oppofe à l'empereur Henri V,
gendre & allié du roi d'Angleterre, cette
même querelle des inveftitures dont il
vient de triompher , & les foudres du

---

* *Epiſt.* 13 & 14 *fancti Bernardi ad Honorium papam.*

Vatican, si puissantes alors par l'opinion.
L'Empereur entre en Champagne à la tête
d'une armée nombreuse ; le Roi marche à
lui avec les vassaux réunis, & deux cents
mille hommes en armes. L'Empereur effrayé se retire. Le suivre dans cette retraite,
ou tourner ses armes redoutables contre
l'Anglois, si remuant & si indompté, font
les deux alternatives qu'offre naturellement la politique : quel parti prendra le
Ministre ? N'oublions pas le siècle où nous
sommes transportés par l'Histoire, cette
multitude d'Etats renfermés dans l'*Etat*,
& l'hydre des intérêts particuliers toujours
opposé à l'intérêt public. On distinguoit
alors la guerre du Roi & celle du royaume :
l'invasion de l'ennemi étranger avoit réuni
contre lui tous les efforts ; mais la ruine du
plus puissant des vassaux étoit une entreprise
qu'aucun *baron* ne vouloit favoriser : l'ennemi échappe à la vengeance. *Suger* com-
prit combien il étoit important d'assurer
au Roi une armée dont il pût disposer ; &
il ne tarda pas, en donnant aux villes des
privilèges & une *municipalité*, à les obli-
ger de fournir au Prince un contingent

réglé de troupes. C'eſt le germe de cette inſtitution de Charles VII, qui, le premier, entretint conſtamment une *armée royale*.

L'Allemagne, la Flandre & l'Angleterre deviennent le théâtre des guerres actives que *Suger* fait aux vaſſaux rebelles & à leurs alliés. Il tente de donner aux Flamands un comte qui aura le droit de réclamer la Normandie ſur le roi d'Angleterre; en même temps il encourage le *comte de Boulogne* à diſputer l'Angleterre, même à la maiſon *de Plantagenet*; & il diviſe toute l'Allemagne pour donner un ſucceſſeur à l'empereur *Henri V (a)*. L'art des négociations étoit encore ignoré, les Etats reſtoient iſolés & ſans rapports connus; &, déja *Suger* remplit & ébranle toute l'Europe par les reſſorts ſecrets de ſa politique. Malheur à l'orateur inſenſible, qui conſacreroit par des louanges ſacri-

---

(a) *Suger* s'étoit rendu exprès à *Mayence*, où la diète, au nombre de plus de ſoixante mille perſonnes, étant fort partagée, il eut le crédit de faire nommer dix commiſſaires, qui élurent *Lothaire, duc de Saxe. Voyez* Annales de l'Empire, tom. I, pag. 195.

lèges les fureurs ou les perfidies *de ces pasteurs des peuples*, qui s'en montrent les bourreaux ! Que sa mémoire périsse ! ou plutôt qu'elle passe avec celle de son héros à l'exécration des siècles ! Mais si les corps politiques, pour arriver à la perfection que leur destine la nature, ont besoin de ces crises violentes qui développent leurs principes, & qui tendent à l'établissement de l'ordre, ne confondons point la marche sûre & ferme du génie qui soutient l'Etat dans ces convulsions, avec ces détours obscurs d'une politique étroite & criminelle, qui ne tend, par les malheurs publics, qu'à la satisfaction des passions particulières. Si, pour assurer le calme & la paix dans le centre du royaume, *Suger* est contraint de repousser aux extrémités les tempêtes & les orages; si ce n'est qu'à regret que cette ame tendre & sublime brise les efforts qu'opposent à l'autorité légitime des passions indomptables; enfin, si cette administration courageuse avance de plusieurs siècles la perfection de l'état social, & prépare de loin ces jours de paix & de lumière qui vont se lever pour notre postérité, *Suger* est justifié : le mal sortit de la nature des choses, le bien fut le fruit de son génie, & nous devons à sa mémoire des acclamations éternelles.

L'administration intérieure ne laisse plus de doute sur les vues du Ministre *. L'ordre se rétablit par-tout ; une justice régulière commence à prononcer des jugemens ; on voit dans les provinces des envoyés royaux qui établissent l'appel des *cours de baronnage* aux grandes assises du Roi : c'est l'origine des quatre grands bailliages créés par Louis IX ; on retrouve l'esprit de *Suger* dans toute la législation *des Etablissemens de S. Louis ;* on le retrouve dans les édits de *Philippe le Bel*, dont l'un substitue les *apanages* aux *démembremens ;* l'autre, fixant l'état & la résidence des *Parlemens*, détermine les formes actuelles de notre jurisprudence. *L'affranchissement des serfs* (a), & l'éta-

---

* Variations de la Monarch. Franç. tom. 2, pag. 346.
Mézeray, Abrég. Histor.

Velly, Hist. de France, tom. 3, &c.

(a) Ce fut dans une abbaye de son ordre, que Suger commença cet essai politique. Les serfs de *S. Maur des*

blissement

bliſſement des *Communes*, auroient ſuffi ſeuls à l'illuſtration d'un règne. Ces inſtitutions affermies par le temps, ont permis au *roi Jean* de conſommer les affranchiſſemens, & à Charles VII d'*affranchir la royauté même* par l'inſtitution des *troupes réglées*. Mais n'eſt-ce pas *Suger* qui forma le premier une armée royale ? Et quand l'humanité en pleurs tournera ſes yeux vers le *bienfaiteur des hommes*, qui, le premier depuis les Romains, prononça en Europe le mot de *liberté*, la voix de l'Hiſtoire répétera le nom de *Suger* !

C'eſt dans cet accroiſſement de puiſſance que *Philippe - Auguſte* trouvera la force de reconquérir la *Normandie* & les plus belles provinces du royaume, & de faire aſſeoir un moment ſur le trône d'Angleterre, ce fils de France qui ſera père de S. Louis : il reſtera peu ſur ce trône, mais ſon paſſage y laiſſera des traces éter-

---

Foſſés obtinrent la permiſſion de témoigner en juſtice, & de ſoutenir leur témoignage par le combat. *Lettres-Patentes, an* 1118 — 1128.

Il engagea enſuite l'évêque & le chapitre de Chartres à ſuivre cet exemple, qui s'établit ainſi de proche en proche.

C

nelles (*a*) ; *Henri* n'y pourra remonter, qu'en rendant aux Anglois cette grande charte qui fonde leur liberté, tombée en défuétude fous *Edouard le Confeffeur**, & relevée alors par la faveur des temps **. Ainfi le génie d'un feul homme preffe en tout fens fur la poftérité.

Cependant la fanté du Roi décline fenfiblement. Un ufage facré n'avoit point encore appelé exclufivement à la fucceffion paternelle *l'aîné des Fils de France* ; un ancien capitulaire (*b*) autorifoit l'élection dans la famille royale, & les premiers fucceffeurs de *Capet* n'avoient prévenu les guerres inféparables de cette élection, qu'en affociant leur fils aîné à la couronne. *Suger*, à qui le bien public ne

---

(*a*) Louis VIII, dit le Lyon, chaffa *Jean-fans-Terre*, & régna en Angleterre jufqu'à la mort de ce tyran ; alors le peuple eut pitié du fils, qui régna fous le nom de *Henri III*.

* En 1040.

** En 1213.

(*b*) *Si decedens legitimos filios reliquerit, non intereos poteftas ipfa dividatur, fed potiùs Populus pariter conveniens unum ex eis quem Dominus voluerit eligat.* Cap. Div. Lud. Pii, imp. art. IV, Baluze, tom. I, an 806. *ibid.* an. 817.

laiſſe point de repos, voit les ſuites af-
freuſes que peut entraîner la vacance du
trône. Jamais peut-être le devoir *du Mi-*
niſtre ne coûta tant *à l'homme;* il recueille
ſes forces, & va porter au Roi ces paroles
de deuil & d'effroi; il oſe annoncer à ſon
maître, à ſon *ami, que la mort du Roi eſt*
ſa dernière fonction publique. Il propoſe en
même temps le mariage de *l'héritière de*
Guyenne pour le jeune prince; c'étoit
réunir au royaume une province qui
l'égaloit en puiſſance. *Louis le Gros* ap-
prouve toutes les vues de ſon Miniſtre;
il veut, pour ajouter encore à la ſolem-
nité, que ſon ſucceſſeur ſoit ſacré par le
Pape même, qui tenoit un concile à
Reims. Au milieu des fêtes du mariage,
on apprend *en Guyenne* la mort du Roi.
Suger n'a point reçu ſon dernier ſoupir,
mais leurs cœurs s'entendent; & quand à
ſes derniers momens le Prince éloigne
de lui l'ancien ami de ſa jeuneſſe, le Miniſtre comprend qu'il l'a *légué* à ſon fils
avec la couronne; ſon cœur s'y voue tout
entier, & *Louis le Jeune* ne ſera plus pour
lui que *l'image de Louis le Gros.*

Il y trouve la même confiance ; le Prince seul a changé, le gouvernement est resté le même.

Mais, tandis que l'abbé Suger suivoit avec tant de constance & de courage le plan qu'il s'étoit tracé, tandis qu'il réformoit & simplifioit la législation par des modifications imperceptibles, dont le temps devoit développer l'effet ; qu'il enchaînoit les ennemis du gouvernement, & détruisoit les uns par les autres les ennemis de l'Etat, un mouvement général dans tous les esprits, une fermentation immense, annonçoit une de ces grandes crises de l'esprit humain, dont l'effet est d'amener des révolutions inattendues, & de changer la politique universelle. La fureur des Croisades enivroit alors les nations de l'Europe. L'ignorance grossière & crédule, le fanatisme ardent & chevaleresque, la piété superstitieuse & craintive ; l'avarice jointe à la licence pour le peuple, l'orgueil des papes, l'inquiétude de l'autorité dans les souverains, un mot *des Écritures*, qui avoit fermenté pendant mille ans, & qui mettoit tous ces principes en activité (*a*) ; toutes ces circonflances réunies & accumulées doivent faire confidérer *les Croifades* comme une de ces maladies néceffaires de la raifon humaine, comme un effet inévitable de l'enchaînement fucceffif des évènemens. Ainfi, quand des combinaifons aveugles ont préparé un volcan dans l'intérieur de la terre, l'homme ignorant & épouvanté attribue à quelque intelligence fupérieure & terrible, l'effet néceffaire du mécanifme même de la nature. (N°. V.)

L'opinion que le monde devoit durer mille ans, fit que fa deftruction fut généralement attendue * à la fin du *d xième fiècle* (*b*). *Le Chrift* devoit paroître dans *la*

______

(*a*) Je vis defcendre du ciel un Ange .. ; il prit le Diable *& l'enchaîna pour mille ans*, afin qu'il ne féduisît plus les nations, jufqu'à ce que les mille ans foient accomplis : *après quoi il doit être délié*, &c. **S. Jean**, *Révél. XX, cap.* 2, 3, 4.

* Bouquet, Recueil des Hiftor. de France, *Tom. X,* *& l'Introd. à l'Hift. de Charles V.*

(*b*) La fin du monde & la venue de l'*Antechrift* étoient alors l'opinion dominante ; S. Norbert prétendoit en avoir été inftruit par une révélation particulière. *Epift. fancti Bernardi ad Carnotenfem Epifcopum.*

Baronius rapporte qu'il y eut des moines qui la pré-

Terre sainte pour juger les hommes. Il y eut un concours immenfe de gens qui abandon‑noient leurs biens pour courir achever, dans de faints pélerinages, une carrière que l'arrivée du *grand Juge* alloit terminer. La vue des faints lieux profanés par les infidèles, & les récits exagérés de ces pieux voyageurs, durent faire un grand effet dans un temps & chez des peuples dont la foi étoit vive, l'ignorance pro‑fonde, les mœurs guerrières ; dans un fiècle où tout fe décidoit par l'épée, où Dieu lui‑même fembloit intervenir dans les jugemens. Les dangers difparoif‑fent devant le courage inftruit à tout bra‑ver ; les obftacles s'évanouiffent devant la fuperftition qui promet des miracles. L'Empereur Grec demandoit des fecours contre les *Turcomans*, qui, après avoir dé‑truit les *Califes*, menaçoient le trône de

---

chèrent, & des fanatiques qui les crurent, & qui donnè‑rent tous leurs biens aux monaftères. *Baronius, an.* 1126 *&* 1208.

Plufieurs Chartes écrites vers la fin du Xe. fiècle, commencent ainfi : *Appropinquante mundi termino*, &c.

Hift. du Languedoc, *tom.* 2, *preuves. Introd. à l'Hift. de Charles V.*

Conftantinople. Les Papes favorisèrent des entreprifes qui les mettoient réellement à la tête de la chrétienté, & qui éloignoient de l'Italie l'Empereur & tous les Princes. Dans ces temps barbares, prefque tous les hommes puiffans avoient quelque atrocité à expier; & d'ailleurs, la plupart des hommes aiment les entreprifes hafardeufes : il y avoit des couronnes à conquérir; l'expérience apprend que l'imagination s'enflamme pour des chances plus combinées. A la fuperftition, à l'ambition, au goût des hafards, ajoutez la licence donnée aux moines de quitter leurs cloîtres, aux époux d'abandonner des nœuds faftidieux, pour fuivre, à l'abri des indulgences, des paffions criminelles & tolérées; la liberté accordée aux gens obérés de fuir leurs créanciers, & tout intérêt fufpendu dans l'intervalle; enfuite cette inflammabilité de l'efprit humain, qui étend rapidement à toute une nation, & même à plufieurs, ce qui a pris, dans quelques têtes, la forme contagieufe de *mode*. Ce dernier effet fut tel, que quiconque ne prenoit point la croix, recevoit, de la démence publique,

un fymbole de fa pufillanimité *. L'autorité s'y joignit enfuite ; & les fouverains, qui apperçurent bientôt dans l'éloi-
gnement des vaffaux les plus turbulens,
le moyen d'accroître leur puiffance, les
contraignirent à s'enrôler fous la bannière générale de la religion. Ainfi toutes
les paffions, toutes les foibleffes, tous les
intérêts, tous les préjugés, concouroient
à favorifer cette révolution générale.

Les Rois de France n'avoient point pris
de part à la première de ces romanefques
expéditions ; & *Suger*, qui avoit vu en
homme d'Etat ce que les fuccès de *Gode-*
froy de Bouillon avoient coûté à l'Europe,
defiroit vivement que le Roi laiffât *l'Empe-*
reur & le roi, d'Angleterre diffiper leurs
forces & leurs projets dans ces conquêtes
ruineufes, & fuivît conftamment fon plan
d'affujettir les vaffaux ; mais la jeuneffe du
Prince, & l'égarement de fon cœur troublé
par un crime, balancèrent le crédit de fon
Miniftre. Dans une campagne contre *Thi-*

* * *

* *Une quenouille. Guill. de Tyr. ap. Bongars*, vol. II; & Vie
de S. Bernard, par Villefore, édit. *in-4°*.

bault, comte de Champagne, le Roi, irrité des fréquentes révoltes de ce vassal, avoit surpris la ville de *Vitry*, & dans la violence de sa colère il avoit brûlé une église, où périrent misérablement deux cents personnes. Bientôt rendu à lui-même, il ne se put consoler de cette barbarie ; & l'expédition sainte, dont le cri général étoit *Dieu le veut*, lui parut la seule expiation d'un crime qui le rendoit odieux à sa propre conscience. Cependant l'influence, ou, pour mieux dire, l'autorité du vieux *Suger*, qui, blanchi dans le sanctuaire & dans le conseil, prêtre sans fanatisme & ministre sans passion, sembloit une intelligence déja libre des liens terrestres ; cette autorité l'eût convaincu du faux emploi de sa pénitence, si l'ivresse & la clameur générale n'eussent étouffé la voix du sage.

Le pape *Eugène*, ancien moine de Clairvaux, souhaitoit avec passion que le Roi prît part à l'expédition sainte ; & il avoit chargé de ce qu'on appeloit les intérêts de Dieu, *Bernard*, *abbé de Clairvaux*. (N°. VI.) Cet homme extraordinaire avoit été placé par les circonstances pour être apôtre, comme Suger pour être homme d'Etat. Sa naiſſance, ſon zéle, ſon auſtérité dans le temps des fiefs & de la foi groſſière, devoient en faire l'arbitre de ſon ſiècle ; dans tous les temps peut-être ſon enthouſiaſme en auroit fait l'oracle de la·multitude. Une imagination ardente, échauffée par des lectures religieuſes, l'avoit arraché au monde ; mais cette même inquiétude de l'eſprit l'arrachoit à ſon déſert : on le voyoit au milieu des conciles, à la cour des rois & des papes, ſans titre, ſans caractère, ſans autorité, inſpirer, gouverner, réformer toutes les puiſſances : rappelé dans ſon monaſtère, du fond de ſa cellule il agitoit toute l'Europe, créoit & dépoſoit des papes, influoit dans l'élection des évêques, ſe rendoit le médiateur des rois & des princes, ordonnoit aux ſouverains la pénitence ſi difficile à perſuader. Entraîné par la fougue de ſon ame, il prit la violence de ſon amour-propre pour le feu de la charité ; & prophète, apôtre, inſpiré, il crut être humble, parce qu'il ne voulut être ni pontife ni évêque.

Tel étoit l'homme qui fut chargé d'embraser les esprits de toute l'Europe. On le vit parcourant l'Allemagne & la France, écrivant aux peuples de la Suabe & de la Bavière, comme *Paul* avoit écrit à ceux de *Corinthe* & de *Theſſalonique*, allumant le fanatiſme & le feu de la guerre, & ſemant les miracles & les révélations avec une telle profuſion, que ſon ſecrétaire, dit l'Hiſtorien Eſpagnol, avoit peine à les écrire *. Auſſi cette frénéſie parvint à un tel excès, que les idées de la Terre-Sainte réveillant celles de la paſſion & de la mort du *Chriſt,* il ſe trouva des enthouſiaſtes qui prêchèrent le maſſacre *des Juifs*, & il y en eut une multitude d'égorgés en Allemagne. Bernard courut éteindre l'incendie qu'il avoit allumé, & il n'y réuſſit qu'avec une peine extrême : tant il eſt dangereux d'émouvoir l'imagination de la multitude ! enſuite il ſe hâta d'arriver à *Vézelay*, où étoit indiquée l'aſſemblée générale de la nation.

On n'avoit jamais vu un tel concours

---

* *Manriquez*, Vit. S. Bernadi, cap. IV.

de *Barons* & de *Prélats* *, ni une telle affluence de fpectateurs ; l'affemblée ne put
fe former qu'en pleine campagne : elle
alloit décider de cette guerre que le Roi
feul ne pouvoit entreprendre. Un tel motif,
un tel auditoire, animèrent encore l'imagination exaltée de Bernard ; jamais fon
éloquence n'avoit été fi brûlante. En vain
Suger repréfentoit au prince à quel
danger fon abfence livreroit le royaume,
les infultes de l'étranger, les troubles de
l'intérieur : l'ardent orateur enflamme
tellement les efprits , que le Roi, tout-
à-coup faifi d'enthoufiafme, fe jette à fes
pieds pour recevoir la croix (*a*) ; la Reine
l'imite , les Princes, les Grands : l'enthoufiafme gagne & fe propage ; le fpectacle
ajoute encore à l'ivreffe de l'imagination (*b*). On ne voit plus que des larmes ;

---

* Mézeray abrégé, tom. 1. Velly, Hift. de Franc.
tom. 2. *Hiftor. Lud. VII*, dans le Rec. de Duchefne, tom. 4.
An. 1147.

(*a*) . . . . *Et quid facundia poffet*
Re patuit , fortifque viri tulit arma difertus.

(*b*) Cette obfervation aura toute fa force, fi on fait
attention que, dans une grande plaine, il y avoit fûre-
ment peu de fpectateurs qui entendiffent l'orateur. C'eft

on n'entend que des fanglots & des milliers de voix qui répètent le cri de guerre, *Dieu le veut ! Dieu le veut !* Les croix béníes ne peuvent fuffire ; Bernard déchire fes vêtemens pour en faire : chacun l'imite. Il fembloit qu'une fureur générale eût faifi toute la nation, où il n'y avoit plus qu'un homme fage. Bientôt cette démence gagne les provinces ; les bénédiĉtions, les indulgences de Rome fouffloient l'incendie : de l'aveu même de S. Bernard *, il y eut des bourgades entières où il ne refta que des femmes. Chofe étonnante ! la plus haute fageffe fe montra prefqu'à l'inftant à côté de la plus grande folie ; une voix unanime nomma *Suger* Régent du royaume. Dans les grands élans des paffions violentes, toutes les paffions fubalternes fe taifent, & l'homme fe montre jufte. Perfonne ne réclama, perfonne ne

par les yeux, plus que par l'oreille, qu'on entre dans le cœur de la multitude ; & l'abbé Velly a remarqué, d'après M. de Voltaire, & fans le citer, que Bernard, quoiqu'il prêchât auffi les Allemands en françois, ne les convainquoit pas moins. *Hift. tom.* 3, *pag.* 122.
* Bern. Epp. paffim.

s'oppofa que *Suger* lui-même, qui fentoit le poids de cette adminiftration difficile; mais il ne put réfifter aux inftances du Roi, à celles du pape; & il fe flatta qu'il diminueroit les effets d'un mal qu'il ne pouvoit empêcher, le pape ajoutant à fon autorité le pouvoir d'excommunier ceux qui troubleroient la paix de l'Etat (*a*).

En effet, la régence de *Suger* eft telle qu'on a dû l'attendre de fon miniftère. Sans violence, fans excès de févérité, il arrête le brigandage de ceux qui veulent profiter des circonftances pour piller & caufer des défordres. Il conferve les droits du roi fans bleffer ceux d'aucun particulier; il maintient fcrupuleufement les privilèges de la couronne contre le fiège de Rome; il fait rendre exactement la juftice,

---

(*a*) *Factum eft divinitatis inftinctu, ut omnium unanimis in hunc virum gloriofum conveniret fententia, invitumque illum & fatis renitentem reipublicæ adminiftrationem & curam fufcipere compulerunt, quam ille dignitatem quia onus effe potiùs quàm honorem judicabat, quantùm fas fuit recufavit.... donec ab Eugenio Papâ tandem coactus,... gemino accinctus gladio, altero materiali regio, altero fpirituali à fummo Pontifice,* &c. Vita Sug.

& préside aux assemblées nationales. Aucune prétention nouvelle n'est accueillie, aucun droit ancien n'est perdu ; mais aucun impôt, aucune extension n'avertissent le peuple de l'absence du prince, & des frais immenses de son expédition. Cependant les places sont entretenues, les maisons royales sont en bon état, tout respire l'ordre & la tranquillité de la paix. Les revenus de l'abbaye de S. Denis suppléent au vide des coffres du Roi (a) ; & *Suger*, en reversant sur le public les trésors que son ordre tient de la charité des fidèles, croit rendre à la nation le dépôt confié par les ancêtres.

Le bonheur & le repos public auroient suffi à la satisfaction d'un ministre ordinaire ; mais l'homme de génie embrasse des siècles dans sa vaste existence. Contemporain de tous les âges, présent par l'Histoire aux événemens des temps

____

(a) *Quæ omnia constat illum propriâ potiùs munificentiâ tribuisse, quàm de regis ærario ; nam omnem pecuniam quæ de fiscis solvebatur regiis, peregrinanti Regi aut transmisit, aut reservavit, cogitans longè posito plurima necessaria, & ut quæ reservarentur regresso, non forè superflua.* Vit. Sug.

reculés, il domine, par la hauteur de ſes idées, ſur l'horizon immenſe de l'avenir & du paſſé, & le moment préſent reçoit en s'envolant les germes précieux qu'il confie à la nature & au temps.

Suger avoit fondé une légiſlation nouvelle, mais il reſtoit à faire des hommes dignes de s'y ſoumettre. L'ignorance convient à la ſervitude, les lumières devenoient néceſſaires à la liberté ; elles préparent les mœurs qui rendent les loix inutiles & ſacrées. Le ſoin d'établir l'inſtruction publique devint donc ſon objet principal. Les écoles des égliſes étoient preſque tombées par les déſordres & les ravages des derniers temps ; il ne reſtoit plus de traces de l'école du palais, inſtituée par *Charlemagne* : *Suger* voulut renouveler & étendre les anciens établiſſemens. A la ſcolaſtique qu'on enſeignoit dans les égliſes, il ſubſtitua l'univerſalité des ſciences alors connues. La cathédrale de Paris, & l'abbaye de S. Victor fondée par Louis le Gros, furent ſes deux principales écoles, & *P. Lombard*, le principal inſtrument de ſes ſpéculations politiques à cet égard. Le temps perfectionna ses vues ; & quand la Reine, épouse de *Philippe le Bel*, eut fondé un collège *, & que cet exemple eut amené quelques autres fondations pareilles, ces maisons se réunirent en un corps qui prit le nom d'*Université*, du plan même & de l'objet de son institution, qui étoit la science universelle (*a*).

---

*Le collège de Navarre.

(*a*) « Mon opinion est, que cette université commença de jeter ses premières racines sous *Louis VII. Suger* y employa *P. Lombard, évêque de Paris*.... Cela ne s'est pas fait tout d'un coup, non plus que le parlement... *Charlemagne* avoit établi une école dans le palais, & avoit encouragé celles des monastères. Louis le Débonnaire y donna la même protection ; mais les guerres & le mauvais gouvernement ruinèrent ces établissemens comme le reste. Suger a renouvelé ... Les principaux établissemens furent la Cathédrale & S. Victor. Ces chanoines commencèrent dès-lors *cette belle bibliothèque*, tant enrichie de livres rares, & si célébrée par nos anciens : ni pour tout cela n'étoit lors l'université formée ; c'étoit un embryon que l'église de Paris portoit dans son sein. *P. Lombard* en fut le premier auteur, aussi l'université lui fait un anniversaire en l'église *S. Marcel*. » *Pasquier. Rech. sur la France, liv. 3, chap. 29, pag. 274.* Voy. aussi le *Plaid. contre les Jésuites, en 1564, pour l'université.* Fondateur de l'université de Paris, l'abbé Suger songea si peu à y attacher sa gloire, que bientôt l'auteur de ce bienfait fut oublié ; & l'ambition de ce

D

Cette création des fciences auroit été incomplette, fi *Suger* n'eût porté en même temps fon attention fur l'Hiftoire nationale. Qui connoiffoit mieux que lui l'importance de ces archives de l'humanité ! dépôt précieux où la juftice des fiècles flétrit le tyran heureux, venge le heros opprimé, où l'ame des grands hommes vit & refpire toute entière, &, fe communiquant par un tact invifible, appelle fur leurs traces ceux qui font dignes de les admirer & de les fuivre. Depuis Charlemagne, le défordre général avoit tout infecté ; comme il n'y avoit prefque plus de monarchie, il n'y avoit plus de corps d'hiftoire nationale. Les annales des trois derniers fiècles étoient difperfées dans des lambeaux faits au hafard, dans des chroniques sèches & abrégées. *Suger* raffembla ces monumens épars ; une faine critique rapprocha, difcuta, éclaircit ces pièces

corps ofa, dans des temps de trouble, faire remonter jufqu'à *Charlemagne* fes prétentions & fes droits. *Duboulay* eft de ce fentiment dans *l'Hift. de l'univerfité* ; mais il eft contredit par tous les auteurs. V. *Mabill. act. Bened. tom. V*, *Traité des Ecoles de Cl. Jolly. Loyfel. Hift. littér. de la France, tom. VIII & X* ; *l'abbé Lebeuf, differt.*

désunies ; & il forma cette grande compilation historique connue sous le nom des Chroniques de S. Denis *. Ces Chroniques sont restées la base de notre ancienne Histoire, & un dépôt public de vérité qui fixa souvent les plus grandes questions. Supérieur à son siècle dans les lettres comme dans l'administration, Suger écrivit la vie de Louis le Gros & le commencement de celle de Louis le Jeune, d'une plume que n'auroient pas désavouée des siècles plus éclairés. Il renouveloit ces temps antiques, où de grands hommes faisoient de grandes choses, & les écrivoient avec simplicité.

L'économie de son administration étoit si exacte, qu'il put encore subvenir aux frais de la reconstruction de son église, & qu'il se fit un devoir de l'enrichir des plus précieux ornemens **. On l'y voyoit pratiquant lui-même les observances de sa règle comme le dernier cénobite ; simple dans son habit, simple dans sa

---

* *Voyez les Mémoires de l'Acad. des Inscript. tom.* 15.
** *Suger. de rebus in administrat. suâ gestis.*

D ij

parole, & feulement remarquable par les refpects qui le pourfuivoient (a).

Suger avoit, en l'abfence du roi, affemblé deux conciles pour juger *Arnaud de Breffe* & *Gilbert de la Porée*, qui débitoient quelques fubtilités métaphyfiques fur l'effence de Dieu. Cette difpute peu importante aujourd'hui, eft remarquable par la fermeté avec laquelle *Suger* foutint les droits de l'églife gallicane ; car, les cardinaux s'étant levés en difant, *Nous avons entendu, demain nous jugerons*, l'abbé de S. Denis fe hâta de dreffer avec S. Bernard la profeffion de foi de l'églife de France, & la fit figner au pape, puis publier fans attendre la décifion du *facré collège.* *

L'expédition avoit eu le fort qu'elle

______

(a) Il n'y a point de titres que ne lui prodiguaffent les prélats & les grands. Un évêque d'Orléans lui écrit avec le titre d'Alteffe ; S. Bernard, fi ennemi du fafte & des prétentions d'autrui, le traite de Grandeur, d'Excellence & de Prince ¶ : le comte de Vermandois, prince du fang, lui donne dans une lettre le titre de *Monfeigneur* ¶¶.

* D. Delanes, pontificat d'Eugène III.

¶ *Voy.* les Epît. 3, 16, 70, 72.

¶¶ *Vita Sug. lib.* 3, n°. 2.

devoit avoir : une multitude menée dans des pays inconnus, fans difcipline, fans ordre, fans prévoyance, fans munitions, périt en grande partie avant d'être arrivée. *L'Empereur Grec*, plus effrayé de fes alliés que de fes ennemis (*a*), fe rappela les défordres & les invafions des Normands en France, & les déluges du *nord* toujours redoutables au *midi*. Il s'efforça de détruire ces hôtes fufpects. La trahifon des Grecs, la difette, le climat, l'héroïfme indifcret, laifsèrent peu de chofe à faire à l'épée de l'enñemi : le Roi courut les plus grands dangers (*b*). Mais le plus grand malheur de la France, celui dont elle a fouffert pendant deux fiècles, c'eft le mécontentement que prit le roi de la conduite d'*Eléonore* ; il voulut dès-lors la

---

(*a*) La crainte d'Alexis Comnène n'étoit pas fans fondement. Les ravages des Normands étoient encore nouveaux ; les Normands de Sicile l'avoient attaqué jufqués dans la Thrace ; ils avoient enlevé à fes prédécefleurs la *Pouille*, la *Calabre*, la *Sicile* ; & quelques-uns d'eux avoient marqué le deffein de s'emparer de la *Grèce*.

(*b*) L'empereur *Conrad* avoit effuyé de plus grands maux encore ; il étoit revenu prefque feul d'une armée de deux cents mille hommes.

répudier, & le crédit de *Suger* ne fit que
suspendre une faute qui marqua d'une manière si funeste ce que peut coûter aux
empires la perte d'un homme.

Les seigneurs François revenoient en
foule & mécontens ; *le Comte de Dreux*,
frère du roi, voulut profiter de ces dis-
positions pour exciter des troubles. *Suger*
écrivit au roi; & en attendant sa réponse,
il assembla les Etats généraux, en même
temps qu'il excommunioit les perturbateurs du repos public. Cette vigueur d'un
vieillard intrépide & intact rétablit la paix.
On ne peut lire sans attendrissement cette
lettre que le vieux ministre écrivoit à son
jeune souverain : (a)...... « Mais pour

(a) *Ut autem totius regni tui vice loquar, quid est, carissime
Rex & Domine, quare nos fugis ? ... Redierunt regni pertur-
batores, & tu qui defendere deberes, quasi captivatus exulas.
Quem lupo tradidisti regnum, raptoribus exposuisti. Rogamus
igitur altitudinem tuam, pulsamus pietatem, adjuramus beni-
gnitatem, & per eam quâ invicem obligati sumus fidem ob-
testamus, ne post transitum Paschæ ibi vel modicum demoreris,
ne reus professionis & juramenti, quod in susceptione coronæ
fecisti, in oculis Dei appareas. Nos autem sicut Angelum Dei
vos expectantes ... necessaria præparare parati erimus ... &c.*

*Senex eram, sed in his magis consenui pro quibus omnibus,
nullâ cupiditate, nullo penitùs modo nisi amore Dei & vestro*

» vous parler au nom de tout votre royau-
» me, pourquoi, notre Roi, notre cher
» maître, pourquoi nous fuyez-vous?...
» Les perturbateurs de votre Etat font
» revenus; & vous qui devriez nous dé-
» fendre, vous vous exilez comme un
» banni. Vous abandonnez votre royaume
» aux invafions. Nous fupplions donc
» votre majefté, nous implorons fa piété,
» nous conjurons fa bonté, nous atteftons
» cette foi mutuelle qui lie le peuple &
» le prince, qu'elle veuille bien ne pas
» retarder fon retour au-delà des fêtes
» de Pâques, de peur que vous ne pa-
» roiffiez aux yeux de Dieu avoir violé
» le ferment de votre facre. Quant à
» nous, nous vous attendons comme
» l'ange tutélaire de la France »... Il rend
compte des fommes qu'il a remifes pour
le fervice du roi aux chevaliers du Temple,
de celles qu'il conferve dans le tréfor;

---

me confumpfiffem. De Reginâ conjuge veftrâ audemus vobis laudare, fi tamen placet, quatenùs rancorem animi veftri, fiat, operiatis, donec ad proprium reverfus regnum, & fuper his, & fuper. aliis provideatis. Sug. Ep. 57. Rec. de Duchef. tom. IV.

puis il ajoute avec cette grace tendre &
négligée du sentiment : « Vos maisons
» royales, vos châteaux sont bien entre-
» tenus & en bon état ; il n'y manque
» que votre présence. J'étois déjà vieux,
» & mes cheveux achèvent de se blanchir
» dans des fonctions pour lesquelles je
» consume ma vie avec joie, sans autre
» ambition, sans autre vue que mon amour
» pour votre majesté & pour mon devoir.
» Quant à la Reine votre épouse, j'ose
» vous supplier de dissimuler l'aigreur
» de votre ressentiment, si vous en con-
» servez, jusqu'à ce que, rendu dans vos
» Etats, V. M. puisse pourvoir & à cela
» & au reste. » Les réponses du roi portent
aussi le caractère d'une tendre confiance ;
il écrit à son vieux serviteur : « (*a*) Votre
» volonté est la règle de la mienne, &
» vous savez bien que je m'en suis rap-
» porté à vous de diriger toutes mes ré-
» solutions. »

Le Roi arriva enfin ; *Suger* avoit été

(*a*) *Voluntas enim vestra nostra est, & nos consilium nostrum
reposuimus in vobis.* Epist. 48. Rec. de Duchef. ibid.

calomnié auprès de lui ; mais la voix publique, le témoignage du pape que le prince avoit vu fur fon paffage, plus que tout, celui même de cet homme fimple & fi fupérieur à la faveur, qui préfentoit au Roi pour toute apologie un royaume floriffant & tranquille, touchèrent le jeune prince jufqu'aux larmes ; il embraffa *Suger*, & le proclama *Père de la patrie* (a). Le régent remit avec joie le dépôt de l'autorité, poids accablant pour quiconque en eft digne.

Les mauvais fuccès de cette expédition irritoient le courage du jeune monarque, & il vouloit encore tenter un armement ; le pape l'en follicitoit. *Suger* fortifié dans fes principes par les nouveaux exemples, redoubla fes inftances auprès du Roi pour l'engager à ne pas quitter le royaume ; mais l'efprit de l'Europe étoit encore trop enivré, pour que les confeils d'un fage

______

(a) *Quædam de illo regiis fuggefta funt auribus, quæ regis animum fimplicem, & aliorum affectus ex fuo metientem, aliquantifper turbaverunt* ... ; *Rex veritate cognitâ, tam ex operibus, quàm Papæ teftimonio, amplius dilexit & honoravit ; & vivo & mortuo gratiam retulit, & tam à populo quàm à principe* Pater patriæ *apellatus eft, &c.* Vit. Sug.

puffent opérer. Les préjugés des nations ne s'ufent que par le travail fourd du temps & l'extinction de plufieurs générations ; auffi le fecret de l'homme d'Etat n'eft peut-être que l'art d'ouvrir un cours à l'opinion publique , & de placer avec précaution un peuple dans la fphère des expériences qui doivent développer les vues du gouvernement.

Défefpérant de convaincre le Roi (a), *Suger* réfolut de fe rendre lui-même la victime d'une expérience encore néceffaire, de conferver au royaume pacifié fon fouverain jeune fans poftérité, dont la vie étoit fi précieufe, dévouant cette tête feptuagénaire à des travaux, à des périls que fa fageffe pourroit modérer, mais que fa fermeté fauroit vaincre. Il s'offrit à mener en Orient les vaffaux de l'abbaye de S.

____

(a) *Quod cùm fruftrà tentaffet, dignum præ fe tulit laudabile votum implere , ex his fcilicet redditibus quos proprio fudore & folertiâ Monafterio adjecerat , fi daretur vita comes per fe ipfum profecturus, & propofitum agreffurus. Confiderans in talibus confilio opus effe potiùs quàm viribus, & prudentiam magis quàm arma neceffariam. Interea dum de profectione deliberat , &c.* Vit. Sug.

Denis & toute la noblesse qui voudroit le suivre. Ce dessein généreux fut le dernier hommage que ce vieillard vénérable rendit à la vertu qui l'avoit inspiré toute sa vie ; la mort vint le saisir au milieu des préparatifs de son voyage : il déposa la vie, comme il avoit fait l'autorité souveraine (a). Tout le royaume étoit dans la consternation, l'abbaye de S. Denis dans les larmes ; le Roi, assis au chevet de son ministre qu'il ne quitta pas même dans ses funérailles, versoit des pleurs avant-coureurs de ceux que la répudiation d'*Eléonore* devoit coûter à la nation pendant trois siècles. S. Denis offroit alors un spectacle plein d'une majesté sombre. Une cellule étroite contenoit un petit nombre des plus grands du royaume, honorant de regrets véritables le premier ministre qui expiroit sur la cendre aux pieds de son souverain consterné. Les galeries, les cloîtres de l'abbaye ne pouvoient contenir la foule de ce peuple reconnoissant & désespéré, qui, mêlant ses sanglots, ses regrets, ses

____

(a) *Nec pigebat eum mori, cùm juvaret vivere.* Vita Sug.

récits, ſes louanges, faiſoit, par le déſordre & la confuſion de ſes ſentimens, la plus honorable oraiſon funèbre. Toutes les ver-tus, tous les talens de *Suger* étoient rap-pelés. Les uns admiroient cette ſimplicité qui le faiſoit paſſer des plus profondes ſpé-culations de la politique, aux plus minu-tieuſes pratiques du cloître, ſans que ce génie nourri des plus belles connoiſſances, poli & éclairé par la littérature, la philo-ſophie & les grandes affaires du gouver-nement, ſemblât jamais ni s'humilier, ni deſcendre (*a*); d'autres racontoient com-ment, toujours acceſſible à la vérité, il avoit conſtamment fermé l'oreille à la délation & à la flatterie : ceux que ſon autorité avoit réprimés, s'empreſſoient de dire com-bien il avoit l'air de céder malgré lui à ſes principes (*b*) dans l'adminiſtration des peines. Ses religieux admiroient cette fru-

---

(*a*) *In omni monaſterii officio ſe illi comparare nemo va-leret, putares illum nil aliud ſcire, nil præter iſta didiciſſe; cùm in ſtudiis liberalibus adeo valuerit, ut de libris nonnun-quam dialecticis, ſive rhetoricis ſubtiliſſimè diſſereret, nedum de divinis, &c.* Vit. Sug.

(*b*) *Inter reliquias virtutes hoc habebat eximium, quòd ſi*

galité, cette tempérance de tout befoin, même du fommeil, qui lui faifoit paffer une grande partie de la nuit à travailler avec fes fecrétaires, ou à converfer avec fes amis, auxquels, par des exemples tirés du paffé, il prédifoit prefque toujours jufte les événemens de l'avenir ; mais tous fe réuniffoient à louer fon défintéreffement, cette vertu de l'homme d'Etat, & fans laquelle il n'y a point d'ame grande & inflexible. Ceux qui l'avoient trouvé quelquefois dur & févère, parce que fes paroles vives & précifes avoient un fens toujours jufte & pénétrant, s'empreffoient de s'en accufer comme d'un blafphême ; & cependant Suger, calme & tranquille

---

quis apud ipfum accufatus fuiffet, non ftatim aurem accomodabat, fed delatores habebat fufpectos. Ibid.

Jam vero in ulcifcendo talem fe exhibebat, ut nemo fanus ambigeret compatientem illum & invitum ultionem exigere. Ibid.

Quoniam fomno contentus erat breviffimo, poft cœnam aut legebat, aut legentem diutiùs audiebat, aut confidentes exemplis inftruebat illuftribus aliquoties ufque ad noctis medium. ibid.

Erant verba illius ut ftimuli & clavi in altum defixi. Ibid.

dans cette dernière scène de la vie, ne jouissoit pas même de ce dernier triomphe de l'amour-propre. Cette multitude de voix ne célébroient que des vertus, des talens, dont le temps seul devoit développer le caractère & l'ensemble à une postérité plus digne de l'apprécier; mais la louange, encouragement nécessaire de la vertu foible encore, est dédaignée par le sage; sa vertu s'épure elle-même dans un long exercice, elle s'élève au dessus de la faveur populaire: alors, contemplant dans le secret de son cœur le tableau de sa vie, l'homme de bien se dit à lui-même, comme le Créateur au dernier jour de son ouvrage, *voilà qui est bien* (*a*); & sourd aux clameurs de la multitude, aux sifflemens de l'envie, aux applaudissemens étouffés & peu nombreux des amis de l'humanité, il se repose dans la paix de sa conscience, & l'approbation de l'Etre éternel dont il a suivi le plan. Tels étoient

____

(*a*) *Et vidit cuncta quæ fecerat, & erant valde bona.* Genes.

les fentimens, telle fut la fin de l'abbé Suger. Son nom ignoré avant lui, eft rentré dans le néant d'où il l'avoit tiré ; il n'a laiffé à fa famille, ni titres, ni poffeffions, & au public aucun monument faftueux, où le marbre & l'airain confignaffent fon fouvenir dans la mémoire des hommes. (N°. VII.)

Le plan de *Suger* eft rempli dès long-temps ; trois fiècles & demi, & quinze générations de Rois, en ont confommé l'ouvrage (a). *L'entière expulfion des Anglois, & la création d'une milice toute royale fous Charles VII*, ont achevé de réunir toutes les forces dans la même main qui tient déja le faifceau de tous les intérêts

---

(a) Depuis l'an 1108, époque de l'avénement de Louis le Gros, jufqu'à 1450, les règnes qui ont fervi à ce développement, font ceux de

LOUIS LE GROS,	PHILIPPE LE LONG,
LOUIS LE JEUNE,	CHARLES LE BEL,
PHILIPPE AUGUSTE,	PHILIPPE DE VALOIS,
LOUIS LE LION,	JEAN,
S. LOUIS,	CHARLES V,
PHILIPPE LE HARDI,	CHARLES VI,
PHILIPPE LE BEL,	CHARLES VII.
LOUIS HUTIN,	

& de toutes les volontés ; & l'autorité *souveraine* eſt reſtée *abſolue*. Mais ce principe de tout ordre a preſque auſſitôt été infecté du levain des paſſions humaines, que l'expérience des âges peut ſeule corriger, en perfectionnant la raiſon. L'ambition & la fauſſe gloire ont enivré des Rois, étonnés de leur puiſſance. Les expéditions dans le royaume de Naples, & l'*art financier* rapporté en France pour la vengeance de l'Italie, comme cet autre fléau dont l'*Amérique* a puni l'*Europe* ; les entrepriſes chevalereſques de *François I*er, ſource de ces guerres trop longtemps prolongées dont le génie de *Richelieu* fit un des points capitaux de ſa politique ; la gloire brillante & déſaſtreuſe du règne ſuivant, tant de calamités faſtueuſes cauſées par la guerre, tant d'appauvriſſement & de foibleſſe cauſée par le deſſéchement des ſources naturelles du revenu public, ont enfin éclairé ſuffiſamment l'expérience nationale......... Le génie de la France ſe réveille : dans les circonſtances les plus heureuſes, quand

l'autorité

l'autorité affermie n'a plus rien à faire qu'à diriger son pouvoir ; quand une nation vive, ingénieuse, entreprenante, livrée au commerce, à l'agriculture, aux arts, n'attend, pour développer toute son énergie, & pour se plier d'elle-même à la perfection de l'ordre & du bonheur, que le soulagement du joug fiscal qui l'opprime ; quand les nations étrangères, fatiguées par les mêmes épreuves, désabusées des envahissemens, semblent ne plus tenir aux erreurs de la politique ancienne, que par la rivalité du commerce ; un jeune Prince, qui n'a de la jeunesse que l'enthousiasme du bien, *purifie l'impôt*, ouvre ses vraies sources, assigne son emploi véritable : après une paix de près de vingt années, il *sanctifie la guerre*, dont il fait l'instrument de la liberté d'un grand peuple : sans ambition, sans intérêt, son traité d'alliance stipule *la liberté générale du commerce* ; c'est une instruction pour toutes les nations de l'Europe ; c'est un ordre à l'humanité d'être heureuse. Quelle époque dans l'Histoire des deux mondes !...... mais c'est à la postérité de la

célébrer........ Chez les contemporains,
la louange même la plus juste approche
trop de l'adulation;......... & flatter le
Prince est un crime d'Etat.......

Hunc saltem everso juvenem succurrere sæclo
Ne prohibete !   VIRG. Georg.

ÉCLAIRCISSEMENS

SUR

L'ÉLOGE DE L'ABBÉ SUGER.

N° I. PREMIER ÉCLAIRCISSEMENT.

Sur l'état où se trouvoit l'Europe, dans l'onzième Siècle, & les évènemens qui avoient établi cette situation.

POUR se faire une juste idée de notre sujet, il faut connoître l'état de l'Europe, dans l'onzième siècle, & avoir envisagé toute la suite des évènemens qui avoient consommé la destruction de l'empire Romain. L'histoire des causes seroit trop vaste & trop étrangère ici ; il suffit d'observer que la formation de ce colosse & sa destruction, firent deux grandes révolutions dans l'état politique & dans les mœurs des nations Européennes. On pourroit appliquer à *Rome* ce mot de *Cornélie* dans *Lucain : Bis nocui mundo.*

Des nuées de Barbares sorties du Nord de l'Europe & de l'Asie vinrent fondre sur les provinces Romaines : quelques courses heureuses sur les frontières les avoient encouragées au pillage ; elles s'avancèrent ; la douceur du climat, des richeffes & des commodités inconnues, la culture des vignes, la facilité de s'établir chez une nation amollie & mécontente, tout les retint, & en appela d'autres. Bientôt des flots de Barbares fe pouffant les uns les autres, auroient rendu la retraite impoffible aux premiers.

Ces effaims parurent innombrables, quoique la qualité de leur fol natal, & la forme de la fociété chez les peuples *Chaffeurs* & *Nomades* nous affurênt de leur peu de multiplication : mais ces peuplades émigroient en corps de nations, & ne laiffoient derrière elles que des déferts. On ne fait d'elles rien d'antérieur à cette époque, & le peu de faits qu'on en a recueilli depuis, a été raffemblé par les hiftoriens Grecs & Romains. Pour les Barbares, ils ne pouvoient ni ne vouloient rien conferver ; Sauvages groffiers, ils portoient à l'excès *l'ignorance* & *l'incuriofité* (a). Avant l'invafion, ç'avoit été par néceffité ; depuis, ce fut par mépris, parce que la victoire affocia dans leur efprit l'idée *des connoiffances* avec celle de *la lâcheté*.

Pendant deux cents ans, ce fleuve de Barbares ne ceffa de couler du pôle ; il inonda toute l'Europe, & pénétra jufques en Afrique. Ce n'eft point une exagération de dire que la race humaine fut alors renouvelée : tout périt ; ceux qui avoient

____

(a) Quand le fceptique Montagne a dit que l'ignorance & l'incuriofité *font deux doux oreillers pour une tête bien faite*, c'étoit un mot de défefpoir.

échappé aux premières incursions furent massa-
crés dans les autres ; la famine & la peste, suite
nécessaire de l'incultivation & du carnage, ache-
vèrent la destruction. Un auteur contemporain *
rapporte que les Barbares brûloient & ravageoient
les villes & les campagnes, & détruisoient les
moissons & les fruits, pour faire périr par la faim
ceux qui échappoient à l'épée. Quand une place
forte les arrêtoit, ils égorgeoient sous les murs des
milliers de malheureux **, dont les cadavres in-
fectoient la garnison, & l'obligeoient à sortir. Telle
fut la dépopulation, *dit Procope*, *** qu'on pouvoit voyager plusieurs jours sans rencontrer un
seul homme. L'Afrique & la Sicile, greniers du
peuple Romain, sont restés depuis des déserts incultes. L'Europe ne fut pas plus épargnée ; les am-
bassadeurs envoyés à *Attila* trouvèrent des villes
entièrement inhabitées, & les campagnes jon-
chées d'ossemens ; aussi pendant plusieurs siècles
la nature y parut en deuil : des forêts épaisses
s'élevèrent dans les champs autrefois labourés ;
les eaux n'étant plus contenues, formèrent des lacs
& des marais ; & les bêtes féroces, les reptiles
venimeux, les insectes aquatiques, remplacèrent
ces animaux utiles, sujets & compagnons de
l'homme. *Muratori* **** a conservé des preuves

---

* *Victor Vitens.*

** *Voyez* l'Introd. de Robertf. à l'Hist. de Charles V.

*** *De Bello Gothor.*

**** *Script. Rer. ital.*

que cet état misérable duroit encore, en partie, dans le dixième siècle. Presque toutes les chartes du huitième & du neuvième siècles accordent des défrichemens, & les Solitaires de S. Benoît en firent la plus grande partie. L'Europe étoit donc alors comme une colonie naissante.

Mais ce qui prouve davantage cette destruction universelle, c'est l'observation d'un écrivain célèbre *, qu'une révolution complette se fit tout-à-coup dans les lois, les mœurs, le costume & les langues de l'Europe ; changement subit & universel, dont la moindre partie exigeoit un renouvellement entier de l'espèce.

Jusque-là ces Barbares *chasseurs* & *pâtres* **, ayant peu de propriétés, avoient des usages plus que des lois ; leurs *anciens* étoient leurs *magistrats*, le Roi n'étoit qu'un chef de guerre *** ; ce qu'il y avoit de plus important se décidoit par la nation en corps **** : chacun pouvoit former une entreprise de guerre (*a*), *une jeunesse ardente & inquiète étoit toujours prête à s'attacher à lui ;* quelques armes, quelques chevaux étoient leurs prix, ne quitter le chef qu'à la mort étoit leur devoir,

---

* ROBERTS. Introd, à l'Hist. de Charles V.
** Comm. Cés. *lib. 6.*
*** TAC. *de Mor. Germ.*
**** *Amm.* MARC. *lib. 31.*

(*a*) Ceci est principalement à remarquer. On verra par les développemens du N° III, que *ces Dévoués* ont été le germe de toutes les révolutions du Gouvernement.

Ces mœurs, qui tiennent à la nature brute, se retrouvent chez les Sauvages de l'Amérique.

La conquête ayant établi la propriété, & la vie sédentaire qui en est la suite, cette nouvelle circonstance combinée avec *le caractère national*, produisit *le gouvernement féodal*. De nouveaux *droits* formèrent de nouveaux *devoirs*; il fallut des *lois* & une puissance qui les *dictât* & les *maintînt*. C'est la marche de la nature; mais quand la raison éclairée ne peut se faire entendre, quand il faut que la lente expérience éduque, par les malheurs, les nations ignorantes & grossières; des siècles s'écoulent, des générations se succèdent en se transmettant des erreurs & des maux qui diminuent dans la même proportion. Enfin un grand homme s'élève; au flambeau de son génie la nation s'éclaire; il recueille les faits & les expériences, & ouvre une route à l'humanité vers la raison & le bonheur.

Voilà ce qui arriva en France depuis l'an 420, jusqu'à l'administration de *Suger*: une note suivante * éclaircira comment dans ce long intervalle la nation eut tant de peine à se dépouiller de cette barbarie qui réunissoit l'oppression, la servitude & la licence; à reconnoître des rapports justes & naturels entre les hommes; à entendre cet organe commun de la volonté publique qui réunit tous les pouvoirs, parce qu'il réunit tous les intérêts.

____

* *Voyez* le N.º III.

N.º II. SECOND ECLAIRCISSEMENT.

Sur la Scolastique.

CE fut au huitième siècle que *J. de Damas*, homme d'un esprit étendu & d'une vaste érudition, ennemi particulier des Iconoclastes, après avoir passé une partie de sa vie parmi les Arabes, fort estimé, & consulté même du Calife de *Damas* *, se retira dans un monastère de Jérusalem, & là, plein de l'esprit subtil des Arabes, il composa un Abrégé fort exact de la dialectique & de la morale d'*Aristote*, dont il se servit ensuite pour fondre ses quatre Livres *de la foi orthodoxe*.

C'est donc à cet ouvrage que se doivent rapporter les commencemens de *la Scolastique*, de cette méthode contentieuse & embarrassée qui a infecté la *philosophie* & la *théologie*. Avant cette époque, on se contentoit de lire *l'Ecriture* & *les Pères*, & il n'y avoit point d'autre théologie. S. Jean de Damas crut relever la Religion, en l'expliquant suivant les principes de la philosophie. Cette méthode s'établit avec le renouvellement des études, quand on commença à respirer en Europe, après les inondations des Barbares, & que les monastères & les cathédrales établirent les premières écoles : dès-lors il y eut dans chaque cathédrale un *Scolastique* & un *Théologal*. Le premier enseignoit les Langues, l'autre expliquoit l'Ecriture

---

* *Voyez* l'Hist. de la Philos. Tome III.

fainte , & réfolvoit les principales difficultés de
la Jurifprudence canonique, devenue fort obfcure
depuis les fauffes décrétales. Ces écoles particulières s'abolirent infenfiblement par le luftre &
la prépondérance que prit l'Univerfité de Paris,
& on n'appela plus fcolaftique que le genre de
théologie qui tend à expliquer la Religion par les
formes de la dialectique & de la métaphyfique :
corps de doctrine nouveau, où l'on ne s'attachoit
pas aux articles formellement révélés, mais à des
queftions oifeufes & de pure curiofité.

Cette maladie de l'efprit humain a tourmenté
les nations pendant fept fiècles, jufqu'à ce que le
génie de *Defcartes* ait donné une autre impulfion
à la raifon humaine : mais dans les temps qui nous
occupent, ce fléau métaphyfique a caufé des maux
réels aux nations, par les héréfies qu'il enfanta,
& les guerres qui fe firent pour les défendre ou
les détruire, & les interdits, & les excommuni-
cations ; & toutes les femences de révoltes & de
fédition qui foulevèrent les peuples contre leurs
fouverains, fournirent des armes aux fujets puiffans & ambitieux, & retardèrent de plufieurs fiècles les progrès de la civilifation & de l'amélio-
ration du fort des hommes. De grands efprits
perdirent de grands talens dans cette ftérile occu-
pation : les Anglois s'y diftinguèrent par-deffus
toutes les nations de l'Europe, par la fubtilité de
leurs argumens, & l'artifice de leurs réponfes. Il
femble que dès-lors la nature s'étudiât chez eux

à produire le génie de *Locke* & de *Newton*. Telle eſt l'influence preſque inſurmontable de l'eſprit du ſiècle ſur l'eſprit des grands hommes. Le légiſlateur *de la Caroline* n'eût été dans le neuvième ſiècle qu'un théologien ſubtil ; *Scot*, tranſporté au règne de Charles II, eût été l'un des premiers phyſiciens *de la ſociété royale*. Mais l'homme de génie a plus d'action encore ſur l'humanité : l'eſprit d'*Ariſtote* a cauſé preſque tous les mouvemens de l'Europe pendant ſept cents ans. La véritable, la ſeule manière peut-être d'écrire l'Hiſtoire, ſeroit de tracer cette ligne indéfinie des opinions humaines qui établiſſent les mœurs, les lois, les uſages, les conſtitutions politiques des Empires : quelques génies ſemés de loin en loin ſur la ſuite des âges, détournent ces opinions, leur ouvrent des routes nouvelles, & l'humanité change de forme : ainſi l'hiſtoire des penſées d'un petit nombre d'hommes, ſeroit l'Hiſtoire univerſelle.

Il eſt curieux d'obſerver que l'eſprit d'*Ariſtote* fit autant de ravages chez les Arabes que chez les Chrétiens : *le Koran* fut tourmenté comme *la Bible* par les Commentateurs, & *l'Iſlamiſme* eut auſſi ſes hérétiques.

On peut diviſer en trois âges l'Hiſtoire de la Scolaſtique, & chaque période ſe diſtingue par d'illuſtres chefs, qui ne ſont plus connus que dans l'hiſtoire des erreurs & des maladies de l'eſprit humain.

Le temps qui s'écoula depuis *J. de Damas*, juſqu'à l'an 1070, fut tout employé à la rédiger en corps de ſcience, & les trois âges ſe comptent ; le premier, depuis *Lanfranc*, archevêque de Cantorbery, juſqu'à *Albert le Grand ;* le ſecond, depuis *Albert*, à la fin du douzième ſiècle, juſqu'à *Durand de Saint-Porcien*, évêque de Meaux, mort en 1333 ; le dernier, depuis cette époque juſqu'au renouvellement de l'eſprit humain par *Deſcartes*. Aujourd'hui il n'en ſubſiſte plus que les formes, parce que la coutume & l'habitude ſurvivent long-temps à ce qui leur donna lieu. L'eſprit humain, en ſe dépouillant de ſes erreurs, en laiſſe derrière lui *les formes*, comme le ſerpent renouvelé, dont la robe vide en ſe deſſéchant effraie encore le voyageur.

Les théologiens les plus connus du premier âge ſont *Lanfranc*, élevé dans *l'abbaye du Bec*, *S. Anſelme*, *P. Lombard*, *Robert Pullus*, &c. Loin d'étudier l'Ecriture & les Pères dans les ſources, ils ſe contentoient de lambeaux & d'extraits informes qu'ils ſe communiquoient les uns aux autres ; d'où il arrivoit, ce qui eſt aſſez ordinaire à ceux qui ne conſultent pas les originaux, 1°. que la plupart de ces extraits ſe trouvoient contraires au ſens même des auteurs, dont on les ſuppoſoit tirer ; 2°. que chacun les contournoit à ſa manière, pour s'autoriſer de grands noms : du reſte, la barbarie de leur langage les rendoit triſtes, inſipides, ennuyeux juſqu'au dégoût. . . .

On n'imagine pas combien étoit embrouillée la fcience de ce temps : on lifoit peu, on penfoit encore moins : toute l'habileté confiftoit à épuifer les chicanes de la logique, à difputer fur la valeur des mots, à inventer des diftinctions frivoles & captieufes. Dans cette mer de fubtilité, où tout devenoit problématique & contefté, il n'y eut guères de ces profonds raifonneurs qui ne fuffent accufés d'erreur ; les uns, pour employer des expreffions nouvelles & inconnues à toute l'antiquité ; les autres, pour mettre les vérités éternelles de niveau avec leurs propres chimères : telles furent les fautes *d'Abeilard* & de *Gilbert de la Porée*. Le plus illuftre de ces fcolaftiques fut *P. Lombard* (a). Il avoit compofé un Recueil de queftions métaphyfiques, ce qui lui fit donner le nom de *Maître des fentences.* Çe fut le texte de toutes les thèfes de théologie du douzième fiècle, ouvrage futile, & dont les commentaires feuls cependant rempliroient plufieurs bibliothèques. On examinoit dans ce livre, *où étoit Dieu avant la création du monde ; &, s'il n'eut rien créé, qu'auroit été fa prefcience ?*

Dans le fecond âge, les ouvrages de théologie quittèrent le nom de fentences, & prirent celui de *fommes théologiques.* Parmi les illuftres de cette

---

(c) Ce P. Lombard jouiffoit d'une telle vénération, qu'un fils de Louis le Gros lui céda fes droits à l'évêché de Paris.

époque, on remarque *Thomas d'Aquin* : c'eſt à lui que la ſcolaſtique dut ſa dernière forme, celle qu'elle conſerve encore dans nos écoles. Plein de la lecture d'*Ariſtote* & de ſes principes contentieux, il entreprit d'éclaircir le texte tant commenté du Maître des ſentences ; &, pour le mettre dans tout ſon jour, il compoſa un corps entier de théologie, dont la ſeconde partie forme ce qu'on appelle la *Somme de S. Thomas* ; & il paroît, par le témoignage de Mabillon *, que c'eſt ce qui lui appartient en propre ; tout le reſte lui eſt fauſſement attribué.

Scot, eſprit ardent & ſubtil, animé de jalouſie contre *Thomas*, entreprit d'établir de nouvelles routes ; il ſubtiliſa encore plus, & vit lui-même un ſchiſme dans ſon parti, formé par un Cordelier Anglois nommé *Ockam*. On ſe perdit de part & d'autre dans les abſtractions, au point de diſputer ſérieuſement *ſi Dieu pouvoit créer la matière ſans forme ; ſi l'idée des choſes étoit différente des choſes mêmes* : queſtions abſurdes dans leur énoncé, oubliées aujourd'hui, & qui cependant cauſèrent des diſſentions & des meurtres, en formant deux ſectes, ſous le nom de *Réaliſtes* & de *Nominaux*. Chaque Ordre religieux prit parti pour les docteurs de ſa robe, & voulut ériger en article de foi ſon opinion.

Il eſt rare que les hommes s'entendent bien

---

* Traité des Etudes monaſt.

entr'eux : la diverſité des élémens conſtitutifs, les différens degrés de perfeÄion dans les organes, la différence dans la férie & dans l'eſpèce des expériences ; la diverſité des préjugés d'état, de naiſſance, de pays ; la métaphyſique même du langage, dont les abſtraÄions & les tropes ne ſe combinent jamais de même dans deux têtes ; tout conſpire à empêcher l'identité d'idées entre des êtres qui ne peuvent avoir identité parfaite de conſtitution. La nature eſt placée au milieu de tous comme un grand modèle ; chacun voit la face qui répond à ſa poſition, & diſſerte ſur l'en-ſemble qu'il ne voit pas, mais qu'il décide con-forme à ce qu'il voit : on ne s'entend pas, & on s'en paſſe. L'amour-propre qui écoute craint de s'accuſer devant l'amour-propre qui parle : c'eſt un concert exécuté par des ſourds, mais où l'en-ſemble va, parce que chacun lit bien *ſa partie.* Si un nom de *ſeÄe* vient ſervir de *bannière* aux diffidens, c'eſt lui qui met réellement de la diffé-rence entre les hommes, parce que c'eſt lui qui les avertit de celle qui y étoit, & dont ils ne ſe doutoient pas : on ſe rallie de chaque côté à ce ſigne extérieur ; le concert eſt rompu, les ſourds ne s'entendent pas mieux, & ne ſavent pas même en quoi ils ne s'entendent pas ; mais ils ſe battent avec leurs inſtrumens.

C'eſt ainſi que juſqu'au milieu du quatorzième ſiècle il fallut, dans la théologie, porter les livrées de *Scot* ou de *Thomas* ; mais à cette époque il

parut un homme qui brifa les chaînes de l'école,
& s'ouvrit une route nouvelle : ce fut *Durand de
Saint-Porcien*, évêque de Meaux. A fon exemple,
une foule de théologiens s'empreffa d'écrire de
nouveau fur le Maître des fentences, & ils font
fans doute les derniers qui l'aient lû. Le dernier
âge de la fcolaftique a duré jufqu'au renouvellement de l'efprit humain : alors on s'eft mis à
étudier les langues favantes, & à puifer dans les
fources facrées & originales. On a joint à l'étude
de l'Ecriture, celle de l'Hiftoire Eccléfiaftique,
& la critique des faits, à l'autorité des dogmes : il
femble, comme l'obfervoit un philofophe, que
fur rien l'efprit humain ne puiffe arriver au vrai,
qu'après avoir épuifé toutes les erreurs.

N° III. Troisième Eclaircissement.

Sur le Gouvernement féodal.

Ce feroit une grande erreur de regarder le ré-
gime féodal comme un fyftême lié & appuyé dans
toutes fes parties fur des raifonnemens & des
combinaifons politiques, fondus d'un feul jet ; dans
fon principe, il fortit de la nature même des chofes : la variété des circonftances poftérieures, les
paffions, les foibleffes, l'ambition & la négligence
placées en oppofition ; l'habitude qui érige des
droits, la défuétude qui les abolit ; l'ignorance &
la pareffe qui confacrent les tranfgreffions ; le
temps qui confolide ce qu'il n'ufe pas encore :

telle eſt la maſſe de circonſtances qui compoſa ce gouvernement bizarre dont l'influence agit encore ſi puiſſamment, & ne s'éteindra peut-être jamais en Europe,

On a vu plus haut * quelles étoient les mœurs des Francs avant la conquête. Quand ils s'unirent en corps d'armée pour l'envahiſſement, le chef général fut cenſé roi; mais il étoit bien éloigné de l'idée que nous attachons à ce mot. Il avoit l'autorité de faire exécuter les conventions de l'aſſemblée ; il étoit chargé de tous les détails de l'adminiſtration, *ſauf les droits que la raiſon, les capitulaires & les coutumes aſſuroient à chacun* (a) ; & ces trois conditions, ſujettes à une interprétation arbitraire, ſoumettoient ſon adminiſtration au contrôle de l'aſſemblée nationale. Il ne pouvoit accorder rien de ce qui n'étoit pas de ſon propre **, ſans l'avis & le conſentement de l'aſſemblée. Childebert Iᵉʳ, accordant en 588 à l'abbaye de Saint-Germain-des-Prés, le domaine *d'Iſſy*, près Paris, déclare que c'eſt *cum conſenſu & voluntate Francorum & Neuſtraſiorum.* On trouve ſous les deux premières races, & même ſous la troiſième, un grand nombre de diplômes ainſi

* *Voyez* Nᵒ I.

(a) *Fidelibus noſtris contra rationem facere non volumus.* Cap. Car. Calv. Tom. 3. Baluze, Tom. 2.

** *Conſt. gener. Clot. circa ann.* 560, *art.* 2, 5, 9.

Voyez auſſi les Rec. de Baluze, de D. Bouquet, les Formul. de Marculp. & celles rec. par D. Mabillon.

conçus.

conçus. Les conſtitutions des Rois ne prenoient
force de lois qu'après avoir été examinées & con-
ſenties dans l'aſſemblée nationale * : c'étoit-là
qu'on traitoit de la paix, de la guerre, des allian-
ces, & de toutes les affaires d'Etat. Tous les ordres donnés dans l'intervalle des aſſemblées nationales, avant d'être exécutés, étoient lus publi-
quement dans chaque province, devant tous les
hommes libres, aſſemblés à cet effet *par le Comte*,
& ils étoient conſentis ou rejetés **. Ces aſſemblées ſe multiplioient ſuivant le beſoin ; mais
ceux qui avoient aſſiſté à trois dans le cours d'une
année, étoient diſpenſés des autres ***. La couronne étoit héréditaire dans la famille royale,
mais on étoit libre d'y choiſir qui on vouloit (*a*) ;
&, comme cette diſpoſition avoit pour objet l'uti-
lité publique, l'inutilité reconnue du Prince au-
toriſoit à le dépoſer.

Le Maire du Palais étoit comme le lieutenant
général de l'Etat ; il avoit une autorité abſolue ſur
la nation, & étoit élu en effet par elle, quoique
le Roi parût l'inſtituer, comme on le voit par le

---

* *Lex conſenſu populi fit & conſtitutione Regis.* Cap.
Car. Calv. ann. 864. Tom. 36, cap. 6.

** La Form. 40 du 1er Liv. de Marculphe, porte le modèle de l'ordre adreſſé au Comte en pareil cas.

*** *Capit. S. Lud. Pii, ann.* 819, *cap.* 14.

(a) *Si decedens legitimos filios reliquerit, non inter eos po-
teſtas ipſa dividatur, ſed potiùs populus pariter conveniens
unum ex eis quem Dominus voluerit eligat.* Cap. div. Lud.
Fii Imp. art. 14. Baluze, Tom. 1, ann. 806, *ibid.* ann. 807.

F

le trait de *Chrodin*, rapporté par *Frédégaire* & par *Aimoin*. Aussi, comme l'Assemblée pouvoit rejeter le choix du Roi, il avoit soin de ne présenter qu'un sujet qui fût agréable, & pour lequel il fût assuré des suffrages. Cet officier, ainsi nommé par le concours du Roi & de l'Assemblée nationale, ne pouvoit être destitué que de la même façon : aussi prêtoit-il serment à l'Assemblée comme au Roi *, & il n'y avoit personne qui pût se dispenser d'obéir au Maire, sauf la plainte à l'Assemblée nationale **. Le Maire étoit chef de la justice, des finances, des armées, & le distributeur de toutes les graces ***. Il régloit tout de son chef, & seulement au nom du Roi. Sur la fin de la première Race, le pouvoir de ce Magistrat étoit devenu si exorbitant, que les concessions du Roi étoient nulles quand elles n'avoient pas son approbation ****.

Les Francs avoient conservé l'usage de *se recommander* ou de *se dévouer* aux plus puissans d'entr'eux, dont ils espéroient protection; usage que *Tacite* & *César* nous montrent chez les Germains, qui ressembloit au *patronage* des Romains, & qui, comme nous l'avons déja observé, se retrouve chez les Américains, parce qu'il est dans la nature que le foible se mette sous la protection

---

* Mézeray, Abrégé, Tome 3.
** Mém. Acad. Inscrip. Tome 2.
*** Aimoin, Liv. iv, chap. 35, 47.
**** Mélange curieux des titres anciens, par le P. Labbe.

du fort, & que l'intérêt paie à l'orgueil un tribut
d'humilité. La coutume étoit établie de donner
quelque chose à celui qui se dévouoit, sans quoi
l'engagement étoit nul : c'est ce qui obligeoit les
Rois à faire de grandes largesses en montant sur le
trône. Les hommes libres pouvoient recevoir le
dévouement des autres, & le porter au Seigneur
plus puissant *. L'obligation contractée étoit la
fidélité & le service à la vie & à la mort, à charge
de secours & protection.

Dans le temps de la conquête, les terres du domaine des Empereurs, les bénéfices des soldats
Romains, les possessions des vétérans, & de tous
ceux qui irritèrent le vainqueur, furent partagées
entre le Roi & les siens. Le grade & les services
réglèrent les parts : on peut induire de quelques
passages de la Loi des Ripuaires, qu'il y en eut plusieurs classes subdivisées en lots, & ceux-ci tirés
au sort par ceux qui étoient de condition égale.
Les chefs principaux qui avoient beaucoup de
dévoués **, & qui avoient par-là beaucoup con-
tribué à la conquête, eurent de grands domaines;
les autres hommes libres en eurent de moindres.
Le Roi céda à ses *dévoués,* ou à ceux qu'il voulut
s'attacher, la plus grande partie des terres qui lui
échurent ; les unes à vie, comme *bénéfices* ; les

----

* *Cap. ann.* 812, *cap.* 7.
Hincmar, Rem. Archiep. de Ord. Palat.
** Les origines, ou l'anc. gouv. Franç. Tome 1, Liv. III,
ch. 4.

autres en propriété. Prefque toutes les Gaules en ce temps étoient gouvernées comme les milices Ripariennes, parce que les guerres fucceffives avoient fait, de toutes les provinces de cette partie de l'Empire, des frontières. Soit politique, pour faciliter les conquêtes en s'attachant les peuples, foit ignorance du mieux, les Francs laissèrent fubfifter les ufages établis. Ils confiftoient à permettre que les poffeffeurs des terres reftaffent tout à-la-fois cultivateurs & foldats, & leurs chefs, capitaines & juges, exempts de tout impôt pour leurs terres & leurs perfonnes: ces Colons ne devoient que le fervice militaire en perfonne, & le gîte aux Ambaffadeurs. Tout refta fur le même pied.

Il y avoit dans les Gaules d'autres nations établies *. Les *Vifigoths*, depuis la *Loire* jufqu'aux *Pirenées*, les *Bourguignons* dans ce qui a formé, fous la feconde Race, le Royaume de ce nom, les *Bretons* dans l'*Armorique*, d'autres Germains à la rive gauche du Rhin : les Francs laissèrent toutes ces nations en poffeffion de leurs lois, & même les particuliers dans celle de leurs biens. Ils firent plus ; ils confondirent avec eux, & admirent même aux charges & aux emplois tous ceux en qui ils trouvèrent des talens.

D'après ces principes, le partage des terres

---

* *Voyez* tous les détails de ce fyftême dans le Mémoire de M. Dumont.

étant fait, partie entre les conquérans, partie entre les propriétaires maintenus, il se trouva un grand nombre de *Francs*, de *Romains*, de *Bourguignons*, possesseurs de domaines étendus, exempts d'impôts, ayant la justice & ses émolumens, (les compositions & les amendes, seules peines de tout ce qui n'étoit pas serf,) & le commandement des armes, tant à l'égard des serfs, qu'à l'égard des milices Ripariennes. Ces chefs ne pouvoient être ni emprisonnés, ni mis à mort *. Ils délibéroient des affaires publiques avec le Roi dans les Assemblées, & ainsi ils étoient comme indépendans. Ils pouvoient accroître leur domaine par mariage, héritage, achat ou autrement; la guerre les enrichissoit encore par le pillage, & c'étoit souvent une raison pour eux de la demander.

Les guerres privées vidoient leurs querelles particulières; &, comme à chaque vacance du trône, ils pouvoient élire celui des Princes qu'ils vouloient, comme ils pouvoient même déposer le Roi régnant, comme ils régloient toutes les affaires d'Etat dans les Assemblées publiques ou

---

* Suger, dans la Vie de Louis le Gros, parlant d'un haut baron qui avoit refusé en face, au roi Philippe I, de lui obéir, dit qu'il ne fut point arrêté, parce que ce n'est point l'usage des François : *Non tentus neque enim Francorum mos est, sed recedens.* Sug. vit. Lud. Grof.

Et la loi des Bavarois dit expressément : *Nulla sit culpa tam gravis, ut vita non concedatur.* Lex Bavar. cap. I. tit. 7.

provinciales ; ils avoient mille moyens de se faire craindre & acheter , & il ne falloit alors que de l'esprit & du courage pour devenir puissant. La force des Seigneurs s'étoit tellement accrue par tous ces moyens, que *Chilpéric*, petit-fils de *Clovis*, se plaignoit déja que les domaines royaux étoient dissipés ; & qu'en 553 deux Seigneurs d'Austrasie, frères & unis d'intérêts , furent en état de mener en Italie une armée de soixante & quinze mille hommes, avec l'aveu forcé du roi *Théotebalde ;* & cent ans à peine après Clovis, *Arnould* & *Pepin le Vieux* sont si puissans dans l'Austrasie , qu'ils en font déférer la couronne à *Clotaire II,* au préjudice des enfans de *Thierry II*, malgré les efforts de la reine *Brunehault* , leur trisaïeule.

· Les Seigneurs ayant les plus grandes facilités pour s'agrandir, & les Rois ne pouvant faire un pas sans se dépouiller de quelques domaines ou de quelques droits, il est naturel que l'autorité de ces derniers soit tombée avec leur puissance. Les Seigneurs avoient cimenté leur puissance dès l'an *588,* (soixante & quinze ans à peine après la mort de Clovis) par *la convention d'Andelot ,* où ils se firent accorder la propriété irrévocable de toutes les concessions faites ou à faire par les Souverains ; convention ratifiée par l'Assemblée de Paris de *615 ;* & l'hérédité des bénéfices s'établit par-là de telle sorte, que, dès le temps de Charles Martel, elle s'étendoit déja jusqu'aux biens ecclésiasti= ques. On abusa de cette convention d'Andelot , pour y comprendre les plus grandes charges. En vain Childeric II régla, en *670*, que les grands offices ne seroient pas héréditaires : cette loi ne fut jamais exécutée ; & les Rois n'ayant plus rien à donner, ne conservèrent qu'un vain nom sans autorité.

Jusque-là les Rois de la première Race avoient perdu leur puissance, mais le titre leur en restoit encore : la révolution qui les en priva prend sa source dans l'usage de la *recommandation* & la puissance illimitée du *Maire du Palais*. Ceux qui se *recommandoient* étoient liés à leur Seigneur, au péril même de la vie, par l'honneur & la religion du serment. Comme cet engagement ne se contractoit que par intérêt, on l'offroit naturellement aux plus puissans : ainsi, plus un Seigneur avoit de terres, de richesses & de crédit, plus il s'attachoit de *dévoués*, dont plusieurs en avoient eux-mêmes, & ainsi il devenoit l'ame & le centre d'une Ligue. S'il joignoit à ces avantages quelques talens personnels, s'il savoit à propos se rendre utile ou redoutable, il pouvoit attirer à lui une province, ou même plusieurs. Les offices de Comtes & de Ducs, en général toutes les places qui donnoient la distribution des graces, procuroient de grands moyens de se faire des vassaux ; mais, par-là même, nulle charge n'en donnoit plus que celle de *Maire*, pour s'attacher les plus grands Seigneurs. Quand il y eut dans le Royaume un grand nombre de maisons plus ou moins puissantes par ces moyens, on imagine quel surcroît de force & de grandeur une famille déja considérable recevoit de la dignité de Maire, & même après la mort du Titulaire, combien l'intérêt de ses parens & de tous ceux qui suivoient sa fortune étoit de maintenir l'élévation de sa maison : c'est ce qui arriva en effet.

Dans de telles circonstances, les plus grands talens n'auroient pu réussir à conserver la dignité de la couronne : que devoit-on attendre [d'enfans qui moururent avant d'atteindre à la jeunesse ? Ce ne fut qu'une cause d'accélération dans une chute déja déterminée.

Ainsi la puissance des Seigneurs, origine de celle du Maire, & prise dans la constitution même du Royaume, a renversé la première Race ; les mêmes causes continuant d'exister sous la seconde Race, & la force de leur influence augmentant par ses effets mêmes & par quelques circonstances accessoires, ont agi avec plus de puissance, & la seconde Race a cédé plus promptement à leurs efforts.

La suppression de l'office de Maire du Palais, & la réduction des Assemblées nationales à deux par an, sont les seules innovations que *Pepin* osa faire. La nation conserva le droit de choisir son Roi parmi les Princes de la famille : ce fait se prouve par la précaution que prirent tous les Rois de la seconde Race, de partager de leur vivant tous leurs Etats entre leurs enfans ; mais les actes même de partage difent expreffément *que fi le peuple, après la mort d'un de ces co-partageans, veut élire un de fes fils pour Roi, fes oncles confentent qu'il règne dans le royaume de fon père.* Ce qui attefte la liberté de choifir entre le fils ou les frères.

Dès qu'un Roi Carlovingien meurt, on voit, comme fous la première Race, tous les Princes de la famille s'empreffer de négocier avec les Seigneurs de fon Royaume, & de les gagner par des largeffes.

La nation conferva le droit de dépofer le Prince qu'elle avoit élu, lorfqu'il gouverneroit mal : cela fe prouve par l'acte même du partage de *Louis le Débonnaire*, en 817. *Si quelqu'un des fils de l'Empereur, entre lefquels fe fait le partage, devient oppreffeur ou tyran, qu'il foit d'abord averti en fecret, fuivant le précepte du Seigneur, jufqu'à trois fois, de s'amender ; que s'il continue fes vicieux déportemens, fon frère l'amène devant fon autre frère pour y être averti de nouveau, & corrigé fraternellement : mais, s'il méprife ces avertiffemens falutaires, qu'il foit, du confentement de tous, décidé ce que l'on doit faire de lui, afin que celui, que de falutaires avis n'ont pu détourner de la mauvaife voie, foit mis hors d'état de mal faire* *.

Lors de la Déclaration que *Louis le Germanique* & *Charles le Chauve* fe firent à Strasbourg, en

---

* *Chart. div. Imp. Lud. Pii, anno* 817.

842, ils confentent, s'ils manquent à leur ferment, que leurs fujets ne les reconnoiffent plus ; en même temps les fujets - refpectifs s'engagent par ferment de ne donner jamais aucun aide à celui des deux Monarques qui violera le traité *. Cette claufe & cet engagement de la part des fujets, font répétés en diverfes occafions ; l'ufage en a fubfifté pendant long-temps : on en voit des traces jufqu'au règne de *Charles VII.*

A l'égard du droit de dépofer, *Louis le Débonnaire* en fit la première épreuve. *Charles le Chauve* l'éprouva de même dans l'Affemblée d'Attigny en *857 :* rétabli enfuite, il voulut en vain tirer vengeance de l'auteur de fa dépofition ; l'Affemblée le déclara innocent. *Charles le Gros* fut dépofé de même, & ne fut pas rétabli.

Les Affemblées continuèrent de décider de toutes les *affaires d'Etat*, comme fous la première Race. Partage des Princes, querelles, mariages, traités, conceffions de fiefs & de dignités, tout fe régloit à l'Affemblée nationale : il étoit tellement dans l'efprit de ces temps, que les Rois ne réglaffent feuls rien de ce qui intéreffoit l'ordre public, que *Charlemagne*, voulant retenir à fa cour un prélat pour quelques affaires, en demanda le confentement au Synode de Francfort.

La *recommandation* continua, & même avec plus de force, car l'hérédité des bénéfices opéra

---

* Rec. de Baluze, Tome 1.

un engagement héréditaire. Les circonftances obli-
gèrent, avec le temps, prefque tous les francs-
tenanciers à fe choifir un Seigneur, & *Charles le
Chauve* même en fit une loi. Malgré les difpofi-
tions de *Childeric II*, l'hérédité des bénéfices s'é-
tablit, & on voit par les Capitulaires de *Charles
le Chauve*, que le Prince avoit eu la foiblefle
d'adopter cet ufage.

La police des milices Ripariennes continua
d'être la police générale du Royaume : les Seigneurs, Magiftrats & Guerriers, jugeoient & faifoient la guerre. Quand c'étoit celle du Roi, ils
conduifoient leurs vaffaux fous les ordres des
Ducs & des Comtes : dans les leurs, ils étoient
feuls chefs & indépendans.

Ainfi, les mêmes caufes qui avoient arraché le
fceptre à la poftérité de *Clovis*, durent le faire
tomber des mains des héritiers de *Charlemagne*. Les
Seigneurs ayant les mêmes moyens de s'agrandir,
devinrent toujours de plus en plus audacieux. *Pepin*
en reçut mille dégoûts. Ces fiers Ariftocrates ne le
trouvoient pas encore affez noble pour être leur
chef *, quoique *Pepin*, pour donner un caractère
légal à fon ufurpation, eût jeté le fyftême d'une
généalogie qui le faifoit defcendre d'une tige
commune à la première Race.

Pepin & *Charlemagne* avoient paffé leur vie à
négocier avec les Seigneurs. Les Ducs & les

------

* *Voyez* le Recueil de D. Bouquet.

Comtes s'étoient attribué la nomination de tous les emplois qui dépendoient d'eux; ils jouiſſoient de tous les droits régaliens, faiſoient la guerre ſans l'agrément du Roi, frappoient monnoie à leur effigie, s'attribuoient tous les émolumens de la juſtice. Tout étoit uſurpé.

La ſuppreſſion de la Mairie, au moment de l'élévation de *Pepin*, avoit décompoſé la maſſe d'hommes de tout rang qui s'étoit attachée à ce haut Officier: cela laiſſa un peu plus d'autorité à *Pepin* & à *Charlemagne*; mais en peu d'années la *recommandation* forma de nouvelles maſſes de puiſſance. Dès que tous les hommes libres ſe furent claſſés ſous les Seigneurs principaux, ceux-ci furent les maîtres. C'étoit un effet ſourd & imperceptible qui ſe préparoit, pendant que *Charlemagne*, par ſes conquêtes, ſe couvroit d'une gloire éphémère. Les Grands, par leurs vaſtes propriétés, par la dignité & la puiſſance de leurs charges héréditaires, devinrent des eſpèces de ſouverains. *Louis le Débonnaire* en fit la première épreuve. Dépoſé, rétabli, il vécut dans le trouble & les révoltes. Toute ſa poſtérité n'eut ni repos, ni autorité. *L'Ariſtocratie des Seigneurs prévalut ſous cette Race, comme la puiſſance du Maire avoit prévalu ſous la première* (a). A peine Charlemagne fut-il

____

(*a*) Voilà ce qu'il faut particulièrement obſerver, pour faiſir l'eſprit de l'adminiſtration de Suger, qui ſe fit un plan d'abolir cette *Ariſtocratie*, pour y ſubſtituer la *Monarchie* pure.

mort, que les troubles s'accrurent avec une rapidité prodigieuse : indépendammenr des révoltes de ses enfans, *Louis le Débonnaire* vit, en *819*, un Duc de basse Pannonie soulever sa province, & s'y maintenir trois ans dans l'indépendance. En *879*, un *Bozon* se fait couronner Roi d'Arles. En *887*, Charles le Gros est déposé. Enfin, en moins de soixante-quatorze ans, la postérité de *Charlemagne* perd sans retour l'Empire ; l'Italie qui est envahie par *Béranger* ; la Germanie, dont s'empare le bâtard *Arnould* ; & la France, à laquelle les Grands donnent pour maître le Roi *Eudes*, l'un d'entr'eux. Ainsi la force réunie des Seigneurs opprima l'autorité royale, & c'étoit une suite inévitable de la constitution.

Le partage de la succession royale fut sans doute une des causes de cet avilissement du sceptre ; mais d'autres s'y réunirent : quand *Pepin* chassa *Childéric*, les Etats de la domination Françoise n'étoient pas partagés. Voici deux autres causes plus puissantes.

1°. *Charlemagne* ayant conquis *la Lombardie*, plutôt par la défection des Seigneurs Lombards, que par la force de ses armes *, il conserva à ce pays ses lois & ses usages : or les Ducs, quoique subordonnés au Roi, y étoient de véritables Souverains : plusieurs nobles François, élevés à ces emplois, rapportèrent en France l'idée & l'exemple

---

* *Voyez* le Mémoire de M. Dumont.

d'un pareil état, & ce fut une vive accélération d'un mouvement déja donné.

2°. La dignité impériale que Charlemagne avoit recherchée avec empreffement, & qui fut de même ambitionnée par fes fucceffeurs, leur aliéna les Papes toujours tendans à l'indépendance, & craignant toujours que le nom de Céfar ne rappelât la poffeffion de Rome & de l'Italie : de-là toutes les tracafferies qu'ils fufcitèrent à la poftérité de Charlemagne, & qui changèrent d'objet quand l'Empire changea de maître. La politique de *Pepin*, de *Charlemagne*, & de *Louis le Débonnaire*, les avoit engagés à élever les Evêques en oppofition des Seigneurs ; les Papes employèrent ceux-ci à intriguer, former des Ligues, défoler & affoiblir l'autorité royale. Ce fut *Jean VIII* qui porta *Bozon* à s'ériger en Souverain, & qui fouleva pour lui les Evêques de la Provence & du Dauphiné. Cet exemple de fuccès éveilla mille ambitieux.

Il faut avouer cependant que les Prêtres n'étoient que caufe feconde ; l'intrigue étoit chez eux, la force chez les Seigneurs. Le Sacerdoce feul n'eût pas été fort dangereux. Ses lumières, telles quelles dans un temps d'ignorance, pouvoient furprendre la crédulité du bas-peuple : mais la multitude feule eft méprifable dans les factions ; elle n'a qu'une impulfion foudaine ; &, prompte à fe brifer d'elle-même, fes individus féparés reftent fans concert, fans confeils, fans

moyens : pour en tirer parti, il faut un chef puiffant, une armée, un centre de réunion ; auffi le
Clergé ne put rien faire qu’en s’étayant des Grands,
& ceux-ci ne les appuyèrent jamais fans y trouver
de grands intérêts. On peut faire la même obfervation fur les longues querelles des *Guelfes* & des
Gibelins.

L’avénement de *Hugues Capet* ne changea rien
à la conftitution du gouvernement ; il en auroit
vu les abus fans pouvoir les réprimer. Comme le
droit d’élection étoit refté le même pour la nation *, les premiers Capétiens ne purent s’y fouf-
traire qu’en prenant l’habitude de s’affocier, de
leur vivant, leur fils aîné. Deux cents ans d’ufage
en firent une loi, & *Philippe Augufte*, le premier,
ofa croire cette précaution inutile : en effet, fans
elle, *Louis VIII* recueillit en paix la fucceffion de
fon père.

Les Affemblées fe tenoient plus ou moins de
fois par an, fuivant les circonftances ; c’étoit à-
la-fois des Confeils d’Etat & des Cours de Juftice.
C’étoit la Cour du Roi compofée de fes vaffaux,
appelés les *Pairs*, parce qu’ils étoient égaux de
dignité.

On continuoit à diftinguer la guerre du Roi &
la guerre de l’Etat ; celle-ci étoit celle qui fe faifoit contre les étrangers, avec l’approbation de
l’Affemblée, ou contre un *vaffal félon.* Mais,

---

* Hift. des variations de la Monarchie Françoife, Tome 2.

comme un capitulaire de *Charles le Chauve* autorisoit le vassal à se soulever contre la vexation & le déni de justice, la *félonie* étoit toujours équivoque.

A l'égard de la constitution civile, le droit Romain, perdu peu après *Clovis*, n'ayant été retrouvé que vers le douzième siècle, & les lois *Saliques, Ripuaires*, &c. ne pouvant plus avoir d'application depuis l'établissement de l'hérédité des fiefs au douzième siècle, *le combat judiciaire & les épreuves* étoient les seules lois usitées dans les tribunaux des Barons, & les fausses décrétales formoient le Code ecclésiastique, auquel les Prêtres s'efforçoient de tout rapporter. Dans un temps où l'on n'écrivoit point, tout se référoit à des témoins ; un procès étoit un *démenti*, & l'honneur prescrivoit le combat. Tout cela étoit assujetti à des formules.

Louis le Jeune, ou plutôt *Suger*, commença à réprimer l'abus des duels judiciaires ; S. Louis le modifia encore davantage ; Philippe le Bel ne le permit qu'en matière criminelle, & au défaut absolu de preuves : mais telle est la marche lente de l'esprit humain, qu'il n'a été entièrement aboli que sous Henri II.

Le reste des détails concernant les mœurs & les lois nous entraîneroit trop loin ; c'est une partie de l'Histoire suffisamment connue : celle-ci nous a paru mériter d'être rapprochée & développée.

N°

N° IV. QUATRIÈME ECLAIRCISSEMENT.

Sur la querelle des investitures & les prétentions Romaines.

CETTE difpute des inveftitures, fi opiniâtre', fi fanglante, & qui eut tour à tour des revers fi infultans pour la majefté impériale, & pour l'objet du refpect religieux de tant de peuples, fut une querelle de la *mauvaife foi* contre *l'ignorance.* L'inveftiture en général étoit un figne fenfible mis par le fuzerain entre les mains du vaffal, à l'inftant qu'il prêtoit ferment, comme une marque de la conceffion qu'il lui faifoit. Un morceau de gazon, une branche d'arbre, étoient le fymbole d'une inveftiture de terres ou de forêts ; la croffe & l'anneau étoient le figne de l'inveftiture eccléfiaftique. A la mort d'un vaffal, le fuzerain fe mettoit en poffeffion de fes biens, jufqu'à ce que l'héritier vînt lui prêter ferment, & recevoir de lui l'inveftiture. Les Eccléfiaftiques étoient foumis à la même obligation ; & c'eft l'origine de *la Régale.*

Les Papes prétendirent refufer ce droit aux Empereurs, fous prétexte qu'un laïque ne pouvoit nommer aux charges eccléfiaftiques ; & ils ac-cusèrent la Cour de fimonie. En conféquence, il fut défendu aux Evêques de prêter ferment aux Empereurs, de fe laiffer nommer par eux, & d'en recevoir l'inveftiture. Les Empereurs & leur Confeil, ignorans comme on l'étoit

G

alors, au lieu de répondre qu’ils avoient toujours nommé les Evêques ; que ce droit leur venoit *de Charlemagne* * ; que le Pape Adrien l’avoit reconnu, & même celui de nommer le Pape ; que le Concile de Rome l’avoit confirmé en 774, & que cela s’étoit toujours passé ainsi jusqu’à ce moment du pontificat de Grégoire VII** ; les Empereurs eurent la mal-adresse, faute de connoître l’étendue de leurs droits, de convenir qu’ils n’avoient pas celui de nommer aux *Sièges* ***, mais seulement d’accorder l’investiture des biens temporels qui y étoient attachés. Alors les Papes ordonnèrent aux Evêques d’abandonner ces biens ; ils ne furent pas obéis : la querelle s’embrouilla ; & les Prélats, pour conserver leur temporel, & l’obéissance due *au saint Siège*, suscitèrent mille troubles, dont l’effet devoit être d’amener les Empereurs à l’abandon de leurs droits. Ces longs démêlés nous entraîneroient trop loin ; l’Histoire les a déposés dans ses fastes, & le crayon immortel de l’Auteur de l’Histoire générale, les a rapprochés avec cette énergie qui lui est propre. A l’égard du droit en lui-même, il est savamment éclairci dans une Dissertation que l’Abbé de Vertot a écrite à ce sujet, & dans un Mé-

---

* *Voyez* le Décret de Gratien, & la Chronique de Sigebert de Gemblours.

** An. 1073.

*** Dupin, douzième siècle, p. 117.

moire qui a remporté le prix de l'Académie de Berlin, en 1765.

Nº V.

ÉCLAIRCISSEMENT sur l'effet politique des Croisades.

NOUS avons indiqué rapidement dans le Texte les causes de ce phénomène étrange dans l'Histoire ; il reste à jeter un coup-d'œil philosophique sur ses effets. Si l'on considère la marche lente de l'esprit, & combien l'habitude, l'intérêt, la paresse & l'ignorance, tendent à consolider & à perpétuer les abus, on regardera comme un bienfait de la nature cette secousse violente que reçut l'humanité, & qui, portant une révolution immense dans les opinions & dans les fortunes, mit les Barons dans la nécessité de donner la liberté au peuple, & celui-ci en état de la recevoir. Ainsi, les Croisades qu'on considère communément comme un grand mal, parce qu'on les regarde du point où nous sommes placés, furent réellement un grand bien dans l'état général où étoient les choses. En effet, dans un temps de police & de bon gouvernement, une guerre étrangère qui enlève presque toute la nation, qui laisse les campagnes sans cultivateurs, les ateliers sans ouvriers, la terre & le commerce sans avances, le peu de denrées sans consommateurs, ou livrée à une confommation trop·lointaine, & abforbée par les tranfports; une telle guerre feroit affuré-ment le fléau le plus deftructeur qui pût affli-ger l'humanité : mais l'état civil des nations étoit fi mauvais, qu'il n'y avoit rien à per-dre; & les Croifades, quoiqu'elles aient détruit près de deux millions d'hommes, ont bientôt rempli ce vide, & fe font acquittées envers l'hu-manité, par le changement total qu'elles ont opéré dans la conftitution politique de tous les peuples de l'Europe. Tous les habitans de la campagne étoient efclaves, & les Seigneurs rui-nés ont été forcés de leur vendre la liberté; germe actif de la population, de la culture, de l'induftrie & du commerce. La cultivation s'eft donc établie, & avec bien plus de fuccès. Le commerce n'exiftoit pas, par les vexations & les douanes dans des pays où tout étoit fron-tière; les villes ont acquis des privilèges, & le commerce a commencé à paroître. Ces deux caufes ont bientôt produit une richeffe natio-nale. Les tyrans, pour la plupart, ont été dé-truits dans leurs perfonnes ou dans leur puif-fance : la prérogative royale s'eft élevée; &, au lieu des intérêts divifés de mille *donjons*, s'eft établi cet intérêt unique & univerfel du chef de la nation, qui ne peut être que la ri-cheffe & la profpérité nationales. Ces peuples, en fe dépayfant, en fe comparant les uns aux autres, ont perdu les préventions locales &

individuelles ; les idées se font étendues & rec-
tifiées ; en se rapprochant, la superstition s'est
amortie, la politique a pris naissance : en un
mot, les Croisades ont avancé & préparé la
chute du système féodal, la plaie peut-être la
plus cruelle qu'eût jamais pu recevoir l'humanité. Enfin, depuis Louis le jeune jusqu'à Charles
VIII, dans l'espace de trois cents ans, la constitution a fait plus de progrès vers la perfection, & la nation plus de pas vers la richesse
& le bonheur, que dans les sept cents ans qui
s'étoient écoulés depuis l'origine de la Monarchie jusqu'à la première Croisade ; & cette
marche a été égale pour toutes les nations de
l'Europe.

N° VI.

*ÉCLAIRCISSEMENT sur la vie & le caractère
de S. Bernard.*

Il est curieux d'examiner dans le sanctuaire
de l'Histoire un homme qui a eu sur son siècle un
empire aussi extraordinaire que S. Bernard ; &
peut-être n'est-il pas inutile d'étudier ces ressorts
secrets de l'esprit humain.

L'homme moral est le produit de la nature
& des circonstances. Bernard, élevé sans lettres
dans une maison noble, & en faveur à la Cour
des Ducs de Bourgogne, avoit dès son enfance
reçu de la piété peu éclairée de ses parens, une
forte impression de mysticité, qui décida le tour

de son caractère. Son imagination ardente s'exerça sur ce premier fond : l'Histoire des Hébreux, & le zèle souvent amer & cruel des Patriarches & des Conducteurs de ce Peuple endurci, développèrent dans son ame, avec une teinte religieuse qui le consacroit, cet esprit altier & impérieux, souvent attaché à la noblesse du sang, sur-tout dans ces temps rudes & grossiers. Un amour-propre immense le dévoroit, & peut-être fut-ce un secret de son cœur, qui ne lui fut jamais révélé *. La lecture des Pères, & la vie des premiers Solitaires de l'Orient, seule littérature qu'il eût, comme il l'avoue lui-même, l'exaltèrent, & lui firent adopter un genre de vie bien contraire à ses inclinations ; mais la nature forcée reprend toujours ses droits, & jamais il ne fut plus au milieu du monde que depuis qu'il l'eut quitté.

L'Ordre de S. Benoît, à cette époque, étoit tombé dans le relâchement, vice de tous les anciens établissemens : une réforme venoit de s'établir à Cîteaux ; ce fut là que Bernard voulut se vouer à la perfection religieuse. La ferveur des Réformés étoit vive ; cette opposition seule étoit une critique des Anciens ; l'intérêt vint s'y joindre, & les divisa tout-à-fait. Les Bénédictins qui conservoient du zèle, venoient embrasser la réforme ; les Réformés qui s'attié

---

* Villefore, Vie de S. Bernard.

diſſoient, retournoient à la Métropole ; &, de part & d'autre, les déſerteurs étoient traités d'Apoſtats, réclamés avec aigreur, & diſputés avec adreſſe. Une parfaite rivalité s'établit. Bernard commence à développer ſon caractère dans cette apologie qu'il adreſſe à Guillaume de Saint-Thierry, Abbé de Cluny, où il montre l'humilité la plus vaine, & un luxe de macérations qui l'égaloit aux *Antoine* & aux *Pacôme*. Cette diatribe augmenta la diſſention.

Bernard étoit devenu Abbé de Clairvaux, & jouiſſoit déja d'une grande conſidération. Un Religieux de Saint-Nicaiſe de Reims étoit allé prendre la réforme à Pontigny ; ſon Abbé & l'Archevêque de Reims engagent Bernard à leur donner une lettre de recommandation, par laquelle il prie l'Abbé de Pontigny de le rendre ; l'Abbé ne peut s'en défendre ; mais il écrit à Bernard pour ſe plaindre, & le Saint lui répond qu'il y a de l'ingénuité à avoir pris au pied de la lettre une recommandation qu'il avoit bien dû ne regarder que comme une pure complaiſance. « *J'ai cru que vous ſentiriez que c'étoit une* » *forme, ou pour mieux dire une feinte que vous* » *deviez démêler* *. » Son Hiſtorien, quoiqu'Eſpagnol, eſt forcé d'avouer que Bernard ſe conduiſit un peu en *embaucheur*. Pierre le Vénérable, Abbé de Cluny, s'adreſſoit à lui pour pacifier

---

* Manriquez, ann. 1120.

les troubles, & amortir cette haine qu'il décrit
ainfi. *Quand un Moine noir en rencontre un
blanc par hazard, il le voit dans un faux jour,
& à peine l'autre le regarde-t-il du coin de l'œil:
j'en ai remarqué fouvent de noirs, qui, à la rencontre d'un blanc, étoient furpris, comme fi un
centaure ou quelqu'autre monftre eût paru à leurs
yeux, &, du gefte & de la voix, ils témoignoient
leur épouvante : j'en ai vu de blancs conférant
enfemble, s'arrêter tout-à-coup à l'arrivée d'un
Moine noir, & s'armer du filence, comme s'ils
euffent été devant un ennemi qui examine les fecrets
du parti contraire..... Voilà l'ouvrage de cet ange
déteftable, banni de devant le trône de Dieu, &c.* *

Cet efprit d'intrigue & d'autorité que n'a-
voient jamais eu les Solitaires de S. Benoît, fe
répandoit dans les cloîtres de la Réforme, à
l'abri du refpect & de la confidération qu'on
avoit pour les nouveaux Cénobites. Quand l'E-
vêque de Paris eut lancé fur Louis le Gros cette
excommunication indifcrette, il vint fe jeter au
milieu du Chapitre général de Cîteaux, & demander protection. Elle lui fut accordée fort lé-
gèrement; & deux Abbés, dont l'un étoit *Bernard
de Clairvaux*, furent chargés de remettre au Roi
une lettre très-hardie & très-peu refpectueufe:
la Cour en fit peu de cas; ce fut alors qu'ils
intriguèrent vivement à Rome pour faire confir-

---

* *Ep. Petri venerab.* Rec. Duchefne, Tom. 4.

mer l'excommunication, & que Bernard écrivit
cette lettre féditieufe dont nous avons fait mention ; mais la politique fage & circonfpecte de
Suger l'emporta fur la fougue de ces fanatiques,
& le Pape caffa la fentence de l'Evêque.

Si l'on fait attention qu'il n'avoit que peu ou
point du tout d'études, on s'étonnera que Bernard eût reçu de la nature des talens auffi ex-
traordinaires ; & on rendra un hommage à fon
efprit, que fon caractère feul ne lui auroit pas
valu. Son ftyle en général a de la grace & de
la facilité : abondant, & cependant précis (a),
on y trouve ce nombre, cette harmonie, ce
fracas pittorefque, mêlé à je ne fais quoi de
doux & de tendre ; cet enfemble qui indique
une grande fenfibilité dans les fibres de l'oreille
& du cœur, mifes dans un ébranlement conti-
nuel par une imagination toujours allumée. Sa
diction toujours pure, fes expreffions toujours
choifies, annoncent un homme de qualité, dont
l'élocution s'eft formée tout naturellement à la
Cour ; auffi, aux jeux de mots près, & à ces anti-
thèfes fatigantes, tache légère du temps où il vivoit, il eft fupérieur, par le goût, à fon fiècle. On
peut obferver auffi qu'il eft tellement plein des
formes & des paffages de l'Evangile & des *Pères*,

(a) C'eft particulièrement dans l'oraifon funèbre de fon
frère qu'on peut le mieux remarquer toutes les qualités
du ftyle de S. Bernard.

qu'il femble s'être étudié à faire un *centon* de l'Ecriture-Sainte.

Mais c'eft à fon caractère que nous devons nous attacher particulièrement, parce que c'eft le principe des mouvemens qu'il caufa dans l'Europe. Il avoit fait dépofer au Concile de Troie, *l'Evéque de Verdun.* Ce Prélat dépoffédé fut appelé au Siège de Châlons par le peuple & le Clergé. Bernard s'oppofe à cette élection qu'il regarde comme un affront perfonnel : cette conduite impérieufe & intriguante déplut cependant à la Cour de Rome ; & le Cardinal *Aimery* fut chargé d'écrire à Bernard de vives réprimandes (*a*) : le Saint y répondit par une longue apologie, qui, de la part d'un homme du monde, feroit regardée comme un recueil de médifances fort aigres ; il protefta en même temps qu'il ne fortiroit plus de fon cloître, mais il eft vrai qu'il ne tint pas parole.

Il femble que le genre de fon ambition fut de vouloir régner par la parole, fans autre autorité que le génie ; car il refufa les Evêchés *de Langres* & *de Gènes*, & les Archevêchés *de Reims* & *de Milan* ; mais il parut comme un Prophète au milieu de ce Concile d'Etampes, qui devoit décider de la thiare entre *Innocent* & *Anaclet ;* & fa protection fixa la fortune en fa-

---

(*a*) On trouve cette Lettre dans le Recueil de fes Œuvres, n° 48.

veur du premier. Delà il paſſe en Angleterre
pour détacher le Roi des intérêts de l'Antipape ;
& pour raſſurer ſa conſcience inquiète, il lui
fait cette tranchante apoſtrophe conſervée par
un Auteur du temps * : *Songez ſeulement à rendre
compte de vos autres péchés à Dieu ; pour moi,
je me charge de celui-là.* Le Roi fut décidé, &
le protégé de Bernard reconnu en Angleterre
comme en France.

On le vit enſuite à ce Concile de Reims,
où la politique de Suger s'occupoit à ménager
à Louis le Jeune la couronne de ſon père, s'aſſeoir parmi les Cardinaux, s'y occuper faſtueu-
ſement de l'extinction du ſchiſme, & briller aux
yeux de la multitude & aux ſiens propres par
l'éclat de cette éloquence, que le Miniſtre ha-
bile autant que modeſte ſavoit employer à ſes
vues ſans oſtentation.

L'an 1132 vit une entrepriſe qui ne fit pas
honneur à la modération & au déſintéreſſement
de S. Bernard. Il obtint de ce Pape qui lui devoit tout, l'exemption, pour ſon Ordre, de payer
les dîmes aux Moines de S. Benoît, & aux autres
Seigneurs dans la mouvance de qui ils avoient
des biens. Certainement le Pape donnoit ce qui
n'étoit pas à lui. Bernard l'avoit ſuivi en Italie
pour en obtenir cette faveur injuſte. *Pierre le
Vénérable* défendit devant le Pape les droits

---

* Arnauld, abbé de Bonneval.

de son Ordre, avec beaucoup de douceur & de modération * : il écrivit de même aux Abbés de la Réforme, avec beaucoup de simplicité & de droiture ; mais on voit par ses lettres, qu'il trouvoit un peu de charlatanisme dans la conduite de l'Abbé *de Clairvaux.* « Je m'unissois » de tout mon cœur, lui dit-il, à vos saints » exercices, *& je ne voulois écouter personne* » *qui donnât à votre austérité des interprétations* » *malignes* **....... Qui croira que votre Congrégation sainte a méprisé, pour l'amour de » *Jésus-Christ*, le luxe & les richesses du siècle, » & que vous plaidez aujourd'hui pour les intérêts de la vie pauvre & humiliée ?.... *Le* » *malin* ne pouvoit rien inventer qui lui fût » plus avantageux, que d'imprimer une tache » d'avarice sur ceux que le monde admiroit..... » Au nom de toutes les brebis de mon troupeau, je vous conjure avec instance, & vous » conseille avec tendresse que dans cette affaire » des dîmes, vous ayiez égard à vous & à nous : » traitez-nous avec moins de violence ; traitez-vous vous-même avec plus d'honneur ; & ne » nous ravissez point aux uns & aux autres *la* » *charité*, l'unique bien des ames fidèles. Votre » Congrégation sainte ne peut rien imaginer de » plus prudent, que de ne pas laisser mourir

---

* *Petri venerabilis, Ep.* 32 & 48 *, Lib. I.*
** *Petr. vener. Lib. I, Ep.* 36.

» au milieu de nous la charité qui eſt Dieu
» même. » Bernard ne laiſſa pas de ſe mettre
en poſſeſſion de ſon exemption, qui ne reçut
des bornes que plus de quatre-vingts ans après,
ſous le pontificat d'Innocent III au Concile de
Latran ; mais, ce qui eſt fort extraordinaire,
c'eſt que les Réformés prirent beaucoup d'humeur de la lettre de P. le Vénérable ; & cet
excellent homme eut encore la bonté de leur
écrire des excuſes. « Que cette ſeconde lettre,
» dit-il, ſerve d'appareil à la plaie que la pre-
» mière a pu faire, & que l'onction de l'Eſ-
» prit ſaint réuniſſe nos eſprits..... Je ſouhaite,
» mes frères, & je vous conjure que cela ſuf-
» fiſe pour vous donner pleine ſatisfaction......
» Vous êtes ma joie, & ne ceſſerez jamais de
» l'être : quelque tort que vous me faſſiez,
» quelque chagrin que je reçoive de vous, je
» ne puis m'en ſéparer, &c. » L'onctueux P. de
Cluny ne fut pas le ſeul qui trouva cette uſur-
pation de Bernard fort injuſte.* *Pierre de Blois,*
écrivant au nom de Richard, Archevêque de
Cantorbéry, à l'Abbé & aux Religieux de Cîteaux, en témoigne fort impartialement ſon ſcan-
dale. « Quel eſt, dit-il, ce privilège injurieux
» qui vous exempte de payer les dîmes où ſe
» trouvoient aſſujetties vos terres avant qu'elles
» fuſſent à vous ? Ne ſont-elles pas paſſées entre

---

* Mabillon, *Præfat. gener.*

» vos mains avec les mêmes charges ? Nul privi-
» lège de l'Eglise Romaine ne peut vous rendre
» permise l'usurpation du bien d'autrui contre
» votre conscience. »

L'année suivante *, Bernard parut au Concile de Pise, avec un éclat encore plus fastueux :
des Prêtres faisoient une espèce de garde à sa
porte, pour le défendre de l'affluence du peuple ; & il paroissoit moins être à la suite du
Pape **, que revêtu lui-même d'une puissance
supérieure à la puissance pontificale. L'Antipape
Anaclet y reçut de nouveaux anathêmes ; c'é-
toit le quatrième Concile où il plioit sous l'as-
cendant de Bernard. Celui-ci, arrivé à Milan,
où sa réputation l'avoit précédé, y est assailli
d'une foule immense d'admirateurs ; toute la
ville sortit à sa rencontre, le peuple des grands,
comme le peuple des rues. Il usa de l'autorité
que lui donnoit cet accueil, pour faire préva-
loir encore le parti d'Innocent sur celui d'Anaclet, & la cause de l'Empereur Conrad sur celle
de Lothaire. Après cette distribution de la Couronne & de la Thiare, continuant son rôle de
Prophète & d'Inspiré, il rétablit *Anselme* sur le
siège épiscopal de Milan, qu'il fait ériger en
Archevêché ; il lui fait donner le *Pallium*, &
rendre la liberté à tous les prisonniers faits dans

---

* Ann. 1133.
** Arnauld, abbé de Bonneval.

la guerre de Pife. La fondation d'un Monaftère
de la Réforme, fut le prix de tant de bienfaits.
Il parcourut ainfi toute l'Italie empreffée de le
voir ; & fa route, difent unanimement tous fes
Hiftoriens *, fut femée de miracles. Ils étoient
affez communs en ce temps ; & le plus grand,
peut-être, auroit été de remplir un rôle fi bril-
lant, fans en faire pour le foutenir.

Mais ce qui peint le mieux l'audace du caractère de Bernard, & le parti qu'il favoit tirer
des préjugés de fon fiècle, c'eft fa conduite avec
le *Comte d'Aquitaine*. Ce Prince avoit deftitué
l'Evêque de Poitiers, & ce Prélat l'avoit excommunié. L'anathême étoit alors une arme que le
préjugé rendoit terrible, & dont le Clergé abu-
foit fouvent. Depuis long-temps l'abbé de Clairvaux preffoit en vain le Prince de rétablir l'Evêque ; il prend une réfolution tout-à-coup digne
de fon caractère. Comme il célébroit la Meffe,
& que le Comte excommunié fe tenoit à la porte
de l'églife, fuivant l'ufage ; après la confécra-
tion, Bernard pofe l'Hoftie fur *la patène*, & s'a-
vançant vers le Comte, il lui dit avec autorité:
« Vous avez méprifé nos paroles, & les prières
» de tout ce peuple ; voici maintenant le fils de

---

* Oth. Friffing. *Vit. S. Bern.*
Alanus, *Vit. S. Bern.*
Gotofridus, *ibid.*
Manriq. *ibid.*
Villefore, *ibid.*

» Dieu qui vient à vous, celui au nom duquel
» on fléchit le genou dans le ciel, fur la terre,
» & dans les enfers : c'eſt votre juge, votre ame
» un jour tombera entre ſes mains ; oſez le mé-
» priſer comme ſes ſerviteurs. » Le Prince, ſuf-
foqué de mille ſentimens contraires, tombe ſans
connoiſſance : « Levez-vous, dit le Prophète, *en*
» *le pouſſant du pied*, & écoutez l'ordre de Dieu.
» L'Evêque de Poitiers eſt ici, réconciliez-vous
» avec lui, embraſſez-le, & rendez-lui l'hon-
» neur que vous lui devez ; &, vous ſoumettant
» au pape Innocent, rappelez à l'unité de l'égliſe
» tout ce qu'il y a de peuples ſchiſmatiques &
» diviſés dans vos Etats. » Vaincu par ſa propre
ſuperſtition, & par celle du peuple, dont l'ignorance & le fanatiſme autoriſoient ces excès, le
Prince obéit ; mais, rentré dans ſon palais, il
mourut de la révolution que lui cauſa cette ſcène
violente.

Tout le temps que dura le ſchiſme Bernard ne
ceſſa de protéger le Pape, & toujours avec ſuc-
cès ; & l'Antipape étant mort, Victor, que ſon
parti lui avoit donné pour ſucceſſeur, ne put tenir
contre cette inquiète activité, & ſe vit obligé
d'employer la médiation de ſon ennemi même
pour réuſſir, en abdiquant, à faire ſa paix avec
ſon heureux rival.

Cette affaire, ainſi conclue, Bernard s'en fit une
importante de fermer l'accès du ſiège épiſcopal de
Langres à un moine de Cluny, qui venoit d'y
être

être élu. Les inftances du Métropolitain, celles de P. le Vénérable, celles des Princes, l'autorité du Roi même, ne purent l'empêcher de s'op-pofer à cette élection : Bernard écrivit même à ce fujet une lettre au Pape, où il ne ménage la réputation ni de l'Evêque élu, ni de l'Archevê-que de Lyon, ni *de Pierre le Vénérable*, déclaré par la voix publique l'homme le plus refpectable de fon temps (*a*). « Ils s'élèvent hardiment, » dit-il, contre toutes les lois de l'honneur & de » la juftice, & mettent fur la tête des fidèles un » homme qui eft l'horreur des gens de bien, » & la fable des impies. »

Tantæne animis cœleftibus iræ !

On ne s'étonnera plus de voir Bernard fe dé-clarer l'ennemi & le perfécuteur d'*Abailard*, qui balançoit un peu fa renommée * ; il lui fufcita toutes fortes de traverfes : au Concile de *Sens* affemblé pour le juger, Bernard ne difputa point, il intrigua auprès des Evêques, comme on peut le voir dans une épître de lui-même **. Condamné d'avance, *Abailard* crut inutile d'entrer en lice ;

____

(*a*) *Montagne* a dit que fi deux hommes venant à paffer, une voix s'élevoit, criant de l'un : *O le grand homme !* & de l'autre : *O le bon-homme !* tous les yeux fe tourneroient vers le premier ; il faudroit, ajoute-t-il, un tiers crieur qui s'écriât : *Oh les lourdes têtes !* L'application de ce mot appartient à S. Bernard & à P. le Vénérable.

* *Voyez* Ep. Abail. 11, ch. 8 & fuiv.

** *S. Bernardi*, Ep. 187.

H

il ne fongea qu'à fauver fa perfonne, & forma un appel qui fut encore la matière d'une lettre pleine de jaƈtance, que Bernard écrivit au Cardinal *Ives* * ; mais le vertueux P. de Cluny fit abandonner à *Abailard* cette affaire fi peu importante au fond ; il lui fit fentir les avantages de la paix & du repos qui rend l'ame à elle-même, laiffant à fon bouillant émule cette gloire, fruit tardif, incertain & fragile de l'opinion des hommes **. Quand on ne reprocha plus à *Abailard* d'être *héréfiarque*, on ne s'embarraffa plus qu'il fût *hérétique*.

C'étoit cependant le même homme que Bernard avoit fait profcrire par le pape *Innocent* ; il exifte encore une lettre de ce Pontife aux Prélats affemblés à Paris, qui porte : « Nous vous » mandons & enjoignons, par ces préfentes, de » faire enfermer féparément, dans des monaftè- » res à votre choix, P. *Abailard* & *Arnaud de* » *Brefce*, comme auteurs d'une doƈtrine corrom- » pue, & ennemis de la foi catholique, & de » faire brûler leurs livres par-tout où il s'en » trouvera. Et dans le poft-fcript, il ajoute à » l'abbé de Clairvaux : *Ne montrez cette lettre* » *à perfonne, jufqu'à ce qu'elle ait été rendue aux* » *Archevêques dans la conférence.* Telles étoient » les armes de Bernard *. »

Tout le crime d'*Arnaud de Brefce* étoit de défapprouver les richeffes de l'Eglife, & de blâmer les entreprifes du Clergé fur l'autorité féculière. Quoique difciple d'Abailard, fa vie étoit auftère, & fes ennemis ne trouvèrent rien à reprendre dans fes mœurs. Il voulut fuir; mais l'ardente perfécution de Bernard lui ferma tout afyle: deux de fes lettres propres dépofent contre lui *.

Une nouvelle intrigue occupe enfuite l'activité de l'abbé de Clairvaux; l'objet étoit la réconciliation du Roi avec le Pape, qui, fans fon aveu, avoit nommé un Evêque à Bourges. L'Epitre 219 eft un monument du ton d'autorité avec lequel Bernard parloit aux Princes.

Les démêlés du même Prince avec le Comte de Champagne fixèrent enfuite fon attention. Ce Comte étoit un factieux, qui fe rendoit puiffant par fes libéralités & fes fauffes complaifances pour le Clergé. Plufieurs des lettres de S. Bernard **, &, entr'autres, la deux cent vingt-quatrième au Cardinal-Evêque de Paleftrine, prouve combien l'Abbé intriguoit à Rome pour le Comte contre le Roi; & la deux cent vingt-deuxième à l'*abbé Suger*, montre toute la fougue & la paffion dont il étoit fufceptible.

Cependant la mort du cardinal Ives, & la

---

* Ep. 195, 196.

*' *Epift. Bernard.* 222, 223, 224,

difpofition de fes biens laiffée à l'abbé de Clair-vaux, le brouillèrent avec le Pape. Le Pontife, qui croyoit devoir en hériter, exhale ainfi fon humeur dans une lettre, où il oublie qu'il eft l'ouvrage de Bernard : « Eft-il donc néceffaire » que rien ne fe faffe fans cet homme ? A peine » un Pape peut-il fuffire à fa correfpondance ; » un feul moine abforbe, par fes lettres & fes » recommandations, un temps néceffaire à toute » l'Eglife : que ne fe tient-il renfermé dans fon » monaftère ? Faut-il qu'il règle tout à fa fan- » taifie ? Les Princes, les Papes, les Evêques, » ne peuvent-ils rien faire fans lui ? & rien ne » peut-il être faint ou parfait, s'il n'en a la con- » duite * ? » Pour cette fois, Bernard céda à l'o-rage, & il fe tint en repos jufqu'à la mort du Pape.

Mais auffitôt après cet évènement il reparoît dans les affaires avec une activité repofée. Il dirigea toutes les élections fuivantes, qui fe pref-sèrent, au rifque de faire de nouveaux ingrats **. Son Epître aux Cardinaux, fur l'élection du pape *Eugène*, eft d'un ton d'autorité, qui ne laifferoit pas croire que c'eft un fimple Abbé qui écrit *au facré Collège* ***.

Aux caufes de la Croifade, que nous avons déja obfervées, on peut ajouter deux nouveaux

---

* Innocent, Pap. Ep. 218.
** Baronius, ann. 1143.
*** *S. Bern. Ep.* 257.

motifs : 1°. l'intérêt du Pape, qui vouloit occuper au dehors les féditieux Romains qui ébranloient fon trône, & vouloient reffufciter le fénat & la république : 2°. l'enthoufiafme de Bernard qui y voyoit l'empire de fa parole, & la monarchie univerfelle de l'Eglife, fon idée favorite. Nous ne répéterons pas ici tout ce qu'il fit à cet égard ; nous nous contenterons d'obferver encore quelques traits de fa vie.

Il fait dépofer l'Evêque d'Orléans, malgré le Roi & les Princes, malgré la réclamation de P. le Vénérable. Il écrit aux féditieux de Rome une lettre qui fit fans doute beaucoup d'effet dans ce temps-là ; & une autre à l'empereur Conrad, *pour lui recommander le Pape* *.

Enfin, il engage l'abbé Suger à affembler un concile en l'abfence du Roi, pour condamner les erreurs de *Gilbert de la Porée* **. Othon de Fleffingue, fon hiftorien, ne peut fe diffimuler *que Bernard avoit beaucoup d'averfion pour ceux qui s'attachent aux fciences humaines, & qu'il étoit porté à croire facilement qu'ils s'écartoient de la foi.*

N°. VII.

ÉCLAIRCISSEMENT fur quelques détails relatifs à la vie de Suger.

Il me refte peu de chofe à dire de la perfonne

---

* *Epift. S. Bern. Ep.* 243, 244.
** *Oth. Friffing.*

de *Suger* ; je n'ajouterai que quelques réflexions
& quelques citations *des originaux.* Il paroît que
Suger avoit une ame douce & forte, un efprit
jufte & profond, & que les circonftances déter-
minèrent fon caractère. La baffeffe de fa naif-
fance, & l'état libre, opulent & confidéré qu'il
dut à fon habit, mis en oppofition avec la mi-
sère, la fervitude & l'oppreffion qu'il auroit
éprouvées dans fon état naturel, lui firent faire
fans doute de juftes réflexions fur les droits de
l'homme en foclété. Etranger à la confidération
dont il jouiffoit, il dut prendre l'habitude de
regarder fes honneurs comme n'étant qu'autour
de lui ; mais quelle eftime dut-il faire de ces tyrans
qui ne confidéroient que fa robe ! Il s'ifola donc
de fes contemporains ; il chercha dans l'Hiftoire
à comparer les hommes & les fiècles ; mais que
de crimes, que de maux, que d'erreurs il ren-
contra ! Plus ifolé que jamais, fa raifon s'étoit
fortifiée, fes principes s'étoient formés, & le mépris de tout ce qu'on eftime dans le monde, dut
être le fentiment dominant d'un fage vivant dans
un fiècle de barbarie (*a*).

La religion eft un befoin de l'homme fenfible ; à cette difpofition de *Suger*, ajoutez l'in-

----

(*a*) *Mirabantur omnes animum in illo moderatum, excel-
lentem, omnem tumorem fæculi calcantem, & quidquid vulgus
timere folet vel optare ridentem, in mundo quidem conftitu-
tum, fed meliore fui parte cæleftibus inhiantem.* Vit. Sug.

fluence de l'efprit de fon fiècle, & admirez qu'il ait eu la force de fe défendre de la fuperftition. Ainfi, d'après les circonftances où il fe trouva placé, *une piété fage & éclairée*, fruit d'une ame tendre & affectueufe, *un efprit fupérieur aux préjugés de fon fiècle*, auxquels il ne participa que par cette crédulité caufée peut-être par l'excès d'une foi qui s'étoit interdite tout examen en matière religieufe, *une fimplicité extrême* née du peu de cas qu'il faifoit de tout ; voilà les refforts fecrets qui ont remué cette grande ame.

On croira fans peïne qu'un tel homme ne rechercha pas les places ; le Roi l'appela de loin au miniftère, qu'il n'accepta qu'avec répugnance (*a*). Un homme fans ambition & fans amourpropre, qui penfoit fi jufte & fi profondément, qui s'exprimoit avec tant de facilité & de modeftie, parut comme une intelligence célefte ; rien en lui n'éveilloit la rivalité, & le refpect faifoit taire l'envie (*b*). En général, le fyftême de conduite & de penfée de l'abbé Suger, fondé

(*a*) *Abfentem hunc & longè pofitum ad regimen vocatum fuiffe, nil tale fufpicantem, fed & accepiffe invitum conftat.* Ibid.

(*b*) *Tantam facundiæ poffidebat gratiam, ut quidquid ex illius ore audiffes, non eum loqui, fed legi crederes.... Quoties vocati conveniffent Epifcopi & Optimates, confulente eos Principe, hunc pro expertâ & probatâ prudentiâ, unum pro omnibus refponfa dare unanimiter compellebant, verbis illius addere nihil audebant.* Ibid.

fur les raifons que nous en avons données, fut de fe renfermer en lui-même, *& de ne rien donner à l'affectation* (a).

La variété des talens de l'abbé Suger pourroit étonner ceux qui penfent que l'efprit fe circonfcrit lui - même dans de certaines limites, fuivant les objets vers lefquels il eft déterminé par une pente fecrette ; mais s'il arrivoit, comme je le crois, que la nature n'adopte point cette manière de claffer que fe fait notre foibleffe !.... Il n'y a point un efprit propre à chaque chofe ; le même efprit, appliqué à différentes claffes de faits, produit le général, le miniftre, le philofophe, l'artifte. Une extrême *mobilité* dans les fibres du cerveau, d'où naît la fagacité pour faifir promptement ; l'*attention* qui inveftit la plénitude d'un fait & de fes fuites, d'où la jufteffe dans les comparaifons, les jugemens & les réfultats ; & une *vigueur* dans les organes de la penfée, qui les rend capables de *lier* une longue fuite d'idées ; voilà la fomme d'efprit qui répond à tout ; l'exercice & l'habitude décident le genre ; & c'eft la pareffe de l'homme qui le claffe, non l'avarice de la nature (b). Ainfi, *Suger* fut *foldat* dans la guerre

(a) *Illud declinabat fummopere, ne quidquàm ageret videretur quod in habitu, vel vitæ genere appareret notabile.* Ibid.

(b) Cette opinion paroîtra moins hardie, fi on fait attention qu'elle eft confirmée par l'expérience des anciens Romains. Le même homme rempliffoit fucceffivement

de Toury, *théologien* dans les Conciles, & *homme d'Etat* dans le Conseil.

Mais cette existence publique contrarioit son caractère, & il eut bien souhaité que *Louis le Gros* voulût le rendre à sa solitude. Le Roi ne put jamais y consentir ; & le bon Ministre sacrifia son repos au bien qu'il étoit en état de faire. La mort de ce Prince sembloit devoir lui rendre la liberté : une jeune cour, une princesse aimable, & qui aimoit trop à plaire, des lieux & des choses qui lui renouveloient douloureusement le souvenir de son bienfaiteur, tout rappeloit Suger à la retraite ; mais le jeune Prince avoit besoin de ses conseils, & comment abandonner le fils de *Louis le Gros* (a) ? Ensuite les guerres, les

---

toutes les charges de la République. *Sénateur*, il entroit au Conseil de la Nation ; *Edile*, il présidoit aux bâtimens publics, aux spectacles, &c. *Pontife*, il avoit le soin des sacrifices, des cérémonies religieuses, &c. *Augure*, il expliquoit la volonté des dieux par l'inspection des poulets sacrés, le vol des oiseaux, les entrailles des victimes, &c. *Préteur*, il jugeoit les affaires particulières ; *Questeur*, il avoit le soin des finances ; *Consul*, il commandoit les armées, & faisoit toutes les fonctions souveraines.

Homme de Lettres encore dans ses loisirs, *César* écrivit ses guerres ; *Caton* fit des livres sur l'économie : *Scipion* & *Lælius* passent pour avoir prêté leur esprit à *Térence*.

(a) *Quoties vir sincerus ac purus & curiam conatus est, & omnem administrationem relinquere, ut ad ampliora secederet, intra natalium suorum modum senescere quod sibi, ut fatebatur, contigisse maluisset.* Vit. Sug.

embarras de toute efpèce, & la Croifade achevè-
rent de l'enchaîner.

Suger s'oppofa à cette dernière entreprife tant
qu'il lui fut poffible, & il finit par fe confacrer
entièrement au fuccès de ce dont il avoit fi jufte-
ment blâmé le projet (*a*). Cette expédition ab-
forboit des fommes immenfes, & le Roi écrivoit
à *Suger*, que fes avis fe réalifoient en tout, & il
lui demandoit de l'argent, incertain s'il y en avoit
au tréfor, mais fûr que les revenus de S. Denis
y fuppléeroient (*b*).

L'Hiftoire s'étoit perdue en France dans la
barbarie de la feconde race : *Nithard*, petit-fils
de Charlemagne, eft le dernier hiftorien de cette
époque. *Suger* reffufcita l'Hiftoire, & il établit
les grandes Chroniques de S. Denis. Il écrivit la
vie des deux Rois qu'il avoit fervis, & il eft le
premier dans cette fuite d'auteurs contemporains,
qui ont écrit fucceffivement l'hiftoire des règnes
où ils ont vécu. Qui pouvoit mieux que lui rem-

(*a*) *Nemo exiftimet ipfius voluntate, vel confilio Regem iter*
peregrinationis agreffum ;... cum inter ipfa ftatim initia ob-
viare fruftra conatus, regium cohibere impetum non poffet ;
tempori cedendum adjudicavit, ne vel regiæ devotioni inferre
videretur injuriam, vel fautorum offenfam inutiliter incurreret.
Ibid.

(*b*) *De cætero rerum ftatûs ipfe nos admonet, imò & urget*
& arguit, ut admonitionis veftræ memores fimus.... quo-
tidiana impendia gravia fuftinentes ad veftram recurrimus
probatam fidelitatem, ut... & auxilio fublevetis. Quomodo

plir cet office (a) ! Les grandes Chroniques de S. Denis sont restées un dépôt précieux, & souvent consulté sur les anciens usages, le cérémonial, les contestations du point d'honneur, les prétentions des Princes, les procès entre les grands vassaux, &c. Leur sincérité fut assurée par la religion du serment ; on les montroit aux étrangers comme le dépôt sacré de l'Histoire nationale, & elles restoient enfermées sous deux clefs, dont l'une étoit entre les mains du Chancelier, & l'autre en celles de l'abbé de S. Denis. (*Mém. de l'Acad. des Inscript. Tom. XV.*)

Depuis ce temps le travail infatigable des religieux de S. Benoît a bien étendu ces richesses historiques. Contemporains de la monarchie dès son origine, & par la quantité de leurs biens-fonds, la multitude de leurs emplois, & le grand nombre de leurs établissemens, se trouvant propriétaires d'une foule de pièces originales, & de diplômes, de chartes, de titres essentiels à l'Histoire, ils en ont défriché les landes, &

---

verò id faciatis, sive de nostro, seu de vestro pecuniam sumptam nobis mittatis, melius novit, melius sapit & facere, & discernere discreta prudentia vestra, quàm providentia nostra. Inter Epistolas Reg. Lud. VII, ad Suger, Abb. Epist. 6.

(a) *Quis ea melius nosset, quis fidelius scripsisset, quàm is qui utrique familiarissimus extitit, quem nullum secretum latuit, sine quo nullum Reges inibant consilium, quo sublato statim sceptrum Regni gravem sensit jacturam, quod Aequitaniæ Ducatu, deficiente consilio, noscitur mutilatum?* Vit. Sug.

formé tous ces grands recueils qui font les matériaux de l'Hiftoire : ils ont raffemblé de vaftes bibliothèques, & s'empreffent de communiquer aux gens de lettres les tréfors qu'elles renferment, accrûs encore par les lumières de ceux qui en font les dépofitaires.

Propriétaire des richeffes de l'abbaye de S. Denis, adminiftrateur fuprême du royaume, *Suger*, dans tout le cours de fa vie, ne fit rien pour lui-même que cette petite cellule qu'il fe conftruifit près de l'églife, & dont la petiteffe & la fimplicité rapprochées de la magnificence du temple & de la puiffance du Miniftre, offroit ce contrafte qui a toujours plu aux grands hommes (*a*). C'étoit-là que, fe repofant des foins de l'adminiftration, calme, & dans le fecret de fa confcience, il rendoit compte à l'Etre éternel de ce qu'il méditoit pour le bien des hommes : fentiment délicieux & propre aux fages de tous les temps, que nous retrouvons chez un ancien dans *ce cœur bien préparé* (*b*), dans *cette ame qui fe rend témoignage de fon innocence* (*c*), & que l'orateur

---

(*a*) *In omni quidem adminiftrationis tempore, nil propriis ædificavit ufibus, præter humilem illam Ecclefiæ adhærentem cellulam, decem vix pedes in latitudine, & quindecim in longitudine continentem, quàm decimo antequam decederet anno, ideò fibi ftatuerat, ut vitam ibi recolligeret, quàm in fecularibus diu fe fatebatur fparfiffe negotiis.* Ibid.

(*b*) *Bene preparatum pectus.* Hor.

(*c*) *Mens bene confcia recti.* Hor.

Romain exprimoit avec plus de fenfibilité encore, en difant : « Le fouvenir de la vie, quand elle s'eft » paffée à répandre une foule de biens fur l'hu- » manité, eft la penfée la plus agréable qui » puiffe affecter l'imagination de l'homme (a). »

On aime à entendre les grands hommes s'expliquer eux-mêmes ; c'eft ce qui ma déterminé à placer ici une lettre de l'abbé Suger à l'Evêque de Beauvais, au Clergé, au peuple, pour les détourner de la révolte. Cette lettre, rapprochée de celle au Roi, qui fe trouve dans le texte, fera preuve que le caractère de Suger étoit tel que je l'ai dépeint, doux, infinuant, modefte & ferme. Celle-ci, en particulier, réunit tous ces caractères, mais fur-tout elle eft remarquable par la manière adroite dont la menace fe préfente, fans aigrir les efprits, fans piquer le courage, enveloppée dans des formes tendres & affectueufes (b).

« * Au vénérable Evêque de Beauvais, au » Chapirre de la noble églife de Beauvais, au » Clergé & au peuple, Suger, par la miféricorde » divine, abbé de S. Denis, fouhaite cette paix » d'en-haut, qui vient du Roi des Rois, & celle » fur terre qu'ils peuvent obtenir du Roi.

____

(a) *Quoniam actæ vitæ, multorumque benefactorum recordatio jucundiffima eft.* Tufculan.

(b) Le texte latin étoit trop long pour trouver place ici ; il eft confervé dans le Recueil de Duchefne, Tom. 4.

* *Epift. Sug. ad fratrem Regis, Bellovacencem Epifcopum.*

» Vous favez avec quel défintéreſſement, avec
» quelle follicitude de votre bien-être , j'ai tou-
» jours employé la confiance & les bontés dont
» le Roi m'honore , & celles que m'accordoit le
» feu Roi fon père dans des temps déja difficiles.
» C'eſt dans la même fituation de mon cœur ,
» c'eſt au nom des mêmes fentimens que je veux,
» au fein même de la maladie qui m'accable ,
» vous prier , vous engager , vous convaincre
» par toutes fortes de motifs de ne vouloir pas,
» trahiſſant vos plus chers intérêts , vous élever
» contre le Roi & fa couronne , à qui tout ce
» que nous fommes de prélats & de barons ,
» devons le fervice de nos armes, & le maintien
» de la foi que nous lui avons jurée. Un tel
» attentat, en effet, feroit vraiment nouveau &
» inoui jufqu'à ce jour , & il n'y a pas de doute
» que la ruine entière de votre ville & de fon
» églife n'en fût le prompt châtiment ; car vous
» fentez vous-mêmes de quelle dangereufe con-
» féquence il feroit qu'un Evêque ou le peuple ,
» commis à fes foins , puſſent prendre les armes
» contre le feigneur commun, fur-tout fans avoir
» l'avis du fouverain pontife , des grands & des
» prélats du royaume. Comment oferiez-vous
» former un tel projet, dont vos pères n'ont
» laiſſé aucun exemple, ni dans l'Hiftoire, ni
» dans la mémoire des hommes? & dans le fonds,
» quel prétexte pourriez-vous avoir de vous fou-
» lever contre un Prince jufte , protecteur des

» églifes , & infatigablement occupé du bien
» public ? Certainement il n'a intention de faire
» tort ni à vous, ni à qui que ce foit : mais fi
» vous penfiez qu'on eût furpris fa juftice, vous
» deviez folliciter l'intervention des prélats &
» des grands , & même l'interceffion du Pape ,
» qui eft le chef des églifes : tout fe fût aifé-
» ment pacifié. Que la nobleffe de fon origine
» fe repréfente donc aux yeux du Prélat, & re-
» nouvelle fon cœur ; entraîné dans une fédition
» populaire , il ne peut avoir des paffions com-
» munes , & doit être d'autant plus empreffé
» d'appaifer fon Seigneur & fon Roi , que c'eft
» en même temps fon frère. Si c'eft l'amour de
» fon églife qui l'égare , qu'il éclaire fon zèle ,
» & rectifie fes idées. Tâcher de fléchir la clé-
» mence du Roi, & de le rendre favorable à
» fon églife, à fes citoyens, à lui-même, par
» des foumiffions , & un entier abandon à fes
» bontés ; c'eft le feul moyen d'éviter l'infamie de
» la trahifon, du fratricide , & de toutes les hor-
» reurs qu'entraînent les circonftances préfentes.

» Eh ! que pourrai-je dire en votre faveur, mes
» chers amis, le Doyen , l'Archidiacre & le
» noble Chapitre , fi j'apprends que votre Mé-
» tropole va être détruite, & que c'eft vous-
» mêmes qui avez porté le feu dans la maifon du
» Seigneur ? Celui qui fait tout m'eft témoin
» que , grièvement malade, tourmenté par une
» fièvre violente ; je le fuis encore plus par le

» chagrin que vous me caufez ; & que, fi cela
» étoit poffible, je me livrerois moi-même pour
» appaifer cette fédition.

» Et vous, malheureux citoyens, que j'ai tou-
» jours chéris, & affurément fans intérêt, de quel
» fecours pourrai-je vous être, quand j'entendrai
» dire que votre ville va être renverfée, vos
» femmes & vos enfans bannis & dépouillés, &
» la plupart de vous entraînés au fupplice ? Si
» vous y donnez lieu, tous ces maux font prêts
» à fondre, ou, s'ils font fufpendus par quelque
» événement imprévu, ils n'en retomberont
» qu'avec plus de force ; car la vengeance s'anime
» en fe différant. Si je puis prendre quelque
» confiance dans mes lumières, & dans cette
» expérience fexagénaire, je crois que vous
» vous expofez à perdre dans un moment le fruit
» de longs travaux. Vous accumulez fur vos têtes,
» & fur toutes les générations qui vous fuivront,
» la colère du Roi votre Seigneur, & la haine
» éternelle de tous ceux qui occuperont le trône
» après lui ; vous aliénez à jamais, par ce forfait,
» la dévotion du Roi envers toutes les églifes,
» & cette libéralité par laquelle il en a enrichi
» plufieurs, & la vôtre en particulier. Voyez
» donc, hommes fages, & prenez bien garde, je
» vous en conjure, de devenir vous-mêmes l'objet
» d'un décret pareil à celui qu'on trouva gravé
» fur une colonne de marbre, & où un Empereur
» difoit : *Villam Pontium refici jubemus.* »

Quelle

Il eſt bien triſte pour les Rois d’être entourés
de gens faux & intéreſſés , dont l’adroite perver-
ſité les éloigne de leurs vrais ſerviteurs , & qui
même , quand le maſque leur eſt arraché , ſont
preſque auſſi dangereux , parce qu’ils laiſſent dans
le cœur du Prince , le mépris de l’homme , & le
déſeſpoir du bien. On étoit parvenu à noircir
Suger dans l’eſprit du Roi ; mais ce nuage fut
bientôt éclairci au retour du Prince , & la faveur
du Miniſtre s’en accrût encore.

Enfin , le dernier acte de la vie de *Suger* fut
auſſi l’action la plus recommandable qu’un homme
de ſon âge & de ſa profeſſion pût laiſſer à la poſtérité. Deſirant par deſſus tout de retenir le Roi
en France (*a*) , & voyant combien l’eſprit des
Croiſades étoit encore ardent , il voulut perſuader

(a) *Et Regi quidem parcendum judicans, vel reverſæ nuper
militiæ quod vix paululum reſpiraſſent , convocatos ſuper hoc
negotio regni convenit Epiſcopos, exhortans illos & animans
ad præſumendam ſecum victoriæ gloriam quæ potentiſſimis Re-
gibus non fuiſſet conceſſa. Quod cùm fruſtrà tentaſſet tertiò,
accepto guſtu formidinis & ignaviæ illorum , dignum nihilo-
minus duxit ceſſantibus aliis præ ſe laudabile votum implere.
Quam videlicet magnificam devotionem ſuam ad tempus occul-
tare maluiſſet , propter incertos exitus, ſive ut jactantiam de-
clinaret. Verum ingens illum prodidit apparatus. Nam exinde
cœpit ſatagere , ut, per manus ſacri Templi militum , ſumptus
tantæ rei neceſſarios Hieroſolymam præmitteret , ex his ſcilicet
redditibus quos proprio ſudore vel ſolertiâ monaſterio adjecerat. Porrò omnia faciebat ſpecie quidem quaſi pro ſe aliis pá-
raret dirigere , re autem verâ ſi daretur vita comes per ſe*

I

aux Evêques de prendre les armes avec leurs vaffaux, & de faire eux-mêmes cette expédition ; il
n'étoit point étrange alors que les Prêtres fiffent
la guerre, & celle-là étoit *la guerre du Seigneur* ;
mais le Clergé n'accepta point cette propofition.
Suger fe réfolut donc à tenter feul cette entreprife ; &, ce qui acheve de caractérifer fon efprit
fimple & éloigné de toute affectation, c'eft qu'il
en garda le fecret jufqu'au moment de l'exécution, *de peur d'avoir l'air de la jactance* ; mais fon
fecret fut trahi, & bientôt on fut que les fommes
immenfes qu'il avoit fait paffer en Orient par les
Chevaliers du Temple, & les grands préparatifs
qu'il fembloit faire pour d'autres, étoient réellement deftinés à une expédition qu'il devoit con-
duire en perfonne. La mort l'arrêta. Contraint de
laiffer à d'autres mains l'exécution d'une entreprife pour laquelle il craignoit qu'on eût moins
d'ardeur que lui, il y confacra toujours les préparatifs qu'il avoit faits, & l'argent qu'il avoit
envoyé avec une telle magnificence, qu'il devoit
fuffire à plus d'une campagne.

La vie de Suger avoit été telle, que la fin n'en
pouvoit être troublée ni par les regrets, ni par les
defirs. Le Roi voulut honorer fes obfèques de fa
préfence. Il fut inhumé d'abord dans un caveau

---

ipfum profecturus..... *Confiderans in talibus confilio opus effe*
potiùs quàm viribus, & prudentiam magis quàm arma necef-
fariam, &c. Vit. Sug.

simple & sans décoration *. Cent ans après, en 1259, Matthieu de Vendôme, abbé de S. Denis, le fit transporter dans l'épaisseur du mur de la croisée de l'église, du côté du midi, avec cette simple inscription : *Hic jacet Sugerius, abbas*. En 1654, on y substitua une longue épitaphe gravée sur une table de bronze, encadrée de marbre. Suger avoit soixante-dix ans quand il mourut.

---

* Ann. 1151.

FIN.

ERRATA.

Page 7, à la note, quelque humbles, *lisez* quelque
    hautes, &c.

11, ligne 8, différent, *lisez* différant.

12, à la note *b*, un certain nombre de peaux de
    moutons, *lisez* de peaux de martres.

14, ligne 12, des principes du bonheur public, *lisez*
    les principes.

30, ligne 12, à disputer l'Angleterre, même, *lisez*
    à disputer l'Angleterre même, &c.

48, ligne 19, Suger voulut renouveller & étendre
    les anciens établissemens, *lisez* ces anciens éta-
    blissemens.

9 782014 444599